小説 大逆事件

（下）

RyuZo Saki

佐木隆三

P+D BOOKS

小学館

目次

第四章　事件の拡大

一九一〇（明治四十三）年五月三十一日付で、検事総長の松室致（いたす）が、大審院長の横田国臣（くにおみ）に、「幸徳秋水ほか六名は、氏名不詳者数名とともに、明治四十一年ころより、至尊にたいして危害をくわえんとの陰謀をなし、かつ、その実行の用に供するために爆裂弾を製造し、もって、陰謀実行の予備をなしたるものとす」と、刑法第七十三条〔皇室ニ対スル罪〕で、予審の開始を請求した。

幸徳　秋水（著述業・三十八歳）　神奈川県足柄下郡湯河原町―天野屋滞在中
管野（かんの）　スガ（無職・二十八歳）　東京市牛込区市ヶ谷富久町―東京監獄在監
宮下　太吉（たきち）（機械職工・三十四歳）　長野県東筑摩郡明科町―官営製材所勤務
新村（にいむら）　忠雄（農業・二十三歳）　長野県埴科（はにしな）郡屋代（やしろ）町
古河（ふるかわ）　力作（草花園丁・二十五歳）　東京府北豊島郡滝野川村―康楽園勤務

新田　融（機械職工・三十歳）長野県東筑摩郡明科町――官営製材所勤務
新村善兵衛（農業・二十九歳）長野県埴科郡屋代町

この段階で捜査当局は、「首謀者は幸徳秋水」と断定して、刑法第七十三条を適用することにしたのである。

訴追された七人は、「東京グループ」が幸徳秋水、管野スガ、古河力作、「信州グループ」が宮下太吉、新村忠雄、新田融、新村善兵衛である。しかし、新村忠雄は、明治四十年四月から東京の平民社に入りびたり、明科製材所で職工長をつとめる宮下太吉と連絡を密にして、東京グループと信州グループのパイプ役だった。

その新村が、明治四十二年八月七日、紀州新宮から塩素酸カリ四百五十グラムを、明科の宮下へ郵便小包で送った。すでに宮下は、知り合いの機械製造業者から、鶏冠石千二百グラムを入手しており、二種類の薬品を調合して、同年十一月三日、爆裂弾の試発に成功した。

検事総長は予審の請求にあたり、「幸徳秋水ほか六名は、氏名不詳者数名とともに、明治四十一年ころより、至尊にたいして危害をくわえんとの陰謀をなし」と、七人以外の共犯者の存在を示唆している。それは新村が、「ドクトル大石」の薬局生だったころ、新宮町で爆裂弾の原料を入手したからだ。

明治四十三年六月五日、和歌山県東牟婁郡新宮町の大石誠之助（医業・四十二歳）が逮捕され、東京へ護送された。
六月七日の深夜、市ヶ谷の東京監獄に収容された大石は、八日午前中に武富済検事の取り調べを受けて、午後から予審判事の潮恒太郎に尋問された。

【大石誠之助の第一回予審・六月八日】

問　幸徳秋水とは、いつから懇意にしているのか。

答　私は「平民新聞」を購読して、とくに幸徳の文章を愛読しておりましたので、明治三十九年十一月に上京したとき、大久保百人町へ行って初めて面会し、それから懇意にしております。

問　カネをやったことがあるか。

答　明治三十八年十一月、幸徳がアメリカへ行くとき、堺利彦に頼まれて三十円。四十年一月、日刊「平民新聞」を発行するとき百円。四十年十月、病気で高知へ帰るとき二十円。四十二年三月、社会主義の雑誌「自由思想」を発行するというので百五十円。それ以外にも、新聞紙条例違反の罰金を納めるとき、三十円か四十円やりました。

問　幸徳は無政府主義者として、どんな方法で主義を実行しようというのか。

答　私は明治四十一年十一月に上京し、巣鴨の平民社へ二回行きました。初回は多人数がおり、幸徳は「日本でもロシアやフランスのように暴力の革命が必要だ」と申しました。次に二、三日して行ったときには、二十四、五歳くらいの男が二人いましたが、いずれも名前はわかりません。幸徳は、パリコミューンを話題にして、「決死の士が五十人ばかりいれば、爆裂弾その他の武器を与えて、裁判所や監獄や諸官省を破壊し、富豪の財を奪って貧民たちを賑わわし、暴力によって社会の勢力を占領すれば、革命の目的にとっては非常に利益である」と申しました。

問　「暴力によって政府を転覆し、皇室を倒す」と言ったのではないか。

答　そこまでは申しませんが、「諸官省を破壊して革命をやりたい」と。おそらく幸徳の希望であろう、と思いました。

問　管野スガはどうであったか。

答　初めて行ったときは管野がおりましたが、二回目のときはいませんでした。

問　宮下太吉、新村忠雄などはどうか。

答　両人ともいなかったようです。もっとも私は、宮下という人物には、一度も会ったことがありません。

問　新村はいつも、どのようなことを言っていたか。

答　総同盟罷工(ひこう)をおこすとか、爆裂弾をつくってオヤジ（天皇）をやっつけるとか、いつも大言壮語ばかりしておりました。

問　そのとき新村は、幸徳や宮下が至尊に危害をくわえるという計画をしているなどと話さなかったか。

答　私方に滞在中に、「宮下が爆裂弾をつくって天皇をやっつける計画をしている」と、新村が申していました。
問　新宮町で新村から、暴力革命の相談を受けたことはないか。
答　さようなことはありません。私は彼の大言壮語を聞くたびに、「そんなことができるものか」と言っていたのです。宮下が天皇をやっつける計画をしていると聞いたとき、私は非常にびっくりしましたが、とうていできるものではないと思っていました。
問　新村が滞在中に、「自分も宮下や管野らと革命運動をおこし、天皇を弑逆する」という話をしなかったか。
答　「宮下や管野らと革命運動をやる」とは申しておりましたが、「天皇を弑逆する」などとは申さなかったと思います。
問　その革命運動に、幸徳もくわわることになっていたのか。
答　新村は、「幸徳も革命運動をやる」と申しておりました。幸徳は、管野、宮下、新村らとはなれがたい関係にありますから、運動にくわわることは間違いありません。しかし、とくに新村から「幸徳もともにやる」と聞いたことはないと思います。
問　明治四十一年八月二十一日付の新村のハガキに、「先生。どうも帰京と決定してからは、淋しくて淋しくて、そして名残惜しくて、たまらなくなりましたよ。これをもって考えると、母親のそばへは、どうしても帰らぬほうが、革命のためによいですね」とあるのは、どういう意味なのか。
答　同年七月ころ、幸徳から新村を帰京させてくれと言ってきたので、八月に新宮をはなれたのです。そのとき新村は、「宮下の運動にくわわり大いにやる」と言っていました。それで母親のそばへ帰ると決心も鈍って運動もできなくなる、という意味だろうと思います。
問　新村は新宮を立ち去るとき、もう一度手伝いにくると約束していたのか。
答　さようです。平民社の用がすめば、またくると言っていたのですが、同年十二月に「宮下の研究が成功した」と言ってきたので、爆裂弾ができたと思いました。
問　本年三月に新村は、「宮下の爆裂弾運動にくわわるため信州へ行くから新宮には行けない」と言ってきたのか。
答　そのようなこともありましたが、私は昨年十二月に幸徳へ手紙を書き、「新宮には新しく医院ができて多忙でなくなったから、新村をよこさなくてもいい」と伝えたのです。
問　それは新村が危険人物だと思って、避けたのではないか。
答　さようではありません。私は新村のことを、「口で言っているほど危険人物ではない」と思っていました。私は趣味として社会主義を唱えるだけで、実行する意思はなかったのです。それでほかの連中も、口ではあれこれ言っても、そのような危険なことを実際にやるものではないと思っておりました。

宮下太吉が、東京・巣鴨の平民社を初めて訪問し、いきなり幸徳秋水に、「私は覚悟をきめたのです。爆裂弾をつくり、天子の馬車に投じることにしました。その可否について、先生のご意見を伺いたい」と切り出したのは、明治四十二年二月十三日のことである。

この点について、幸徳自身は、逮捕された直後の検事の取り調べにたいし、「宮下という男は、非常に過激な人物でしたから、そのとき過激なことを言ったと思いますが、爆裂弾を使うとか、元首に非常手段をとると申したかは、まったく記憶がありません」と、否定的に答えている。

しかし、大石誠之助が言うように、明治四十一年十一月、すでに幸徳が「日本でもロシアやフランスのように暴力の革命が必要だ」と大石らに説いて、「爆裂弾その他の武器」にまで言及しているのであれば、「至尊にたいして危害をくわえんとの陰謀」は、ひとり宮下太吉にはじまったことではない。

そういう点で、第一回予審における大石誠之助の供述は、きわめて重要なものであり、「紀州グループ」の中心人物として、きびしく追及される。

一八六七（慶応三）年十一月四日生まれの大石誠之助は、紀州新宮で育った。父親の増平は商業をいとなみ、船をつくって材木を東京へ運ぶなどするかたわら、謡曲や三味線に親しむ趣味人として知られた。子どもは男三人、女二人で、誠之助は末っ子だった。

十三歳上の長兄の余平は、キリスト教に帰依し、二十三歳で家督を相続すると、自分の土地を提供して、新宮教会を建てた。新宮小学校に通った誠之助は、大阪へ出て医師の書生になり、京都同志社英学校の英語普通科に入学し、大阪西教会で洗礼を受けた。

十八歳のとき東京へ出た誠之助は、神田の共立学校で英語を学んだが、クリスチャンらしからぬふるまいがあり、おなじ下宿の友人の洋書を売り払い、吉原遊廓で遊んだ。この窃盗で告訴され、東京地方裁判所で、重禁錮五十日・監視六カ月に処せられた。しかし、出獄したあとも不良学生ぶりは変わらず、「監視違反」で重禁錮一カ月になり、郷里の新宮へ護送されて、ようやく釈放になった。

一八九〇（明治二十三）年五月、アメリカへ向かったのは、前科者になった屈辱から逃れるためで、長兄が旅費の五十円を工面した。船内では食堂の皿洗いなどして、太平洋に面したワシントン州に上陸すると、アメリカ人の家庭に下男として住み込み、アルセントポーロ中学校に通い、ドイツ語、フランス語、ラテン語などを学んだ。

渡米して二年半後、オレゴン州立大学医学部の二学年に編入学し、コックや窓ガラス拭きのアルバイトをしながら学び、一八九五（明治二十八）年三月に卒業し、ドクトルの学位を得た。さらにカナダのモントリオール大学に入り、四カ月の講習を受けて、外科学士の称号を受けた。七月にブリティッシュコロンビア州スティヴストン市で開業したが、九月に母親が死亡したので、十一月に帰国した。

五年半ぶりに新宮に戻った大石は、内務省から医術開業免状を受けて、熊野川の近くに開業した。しかし、医院の看板をかけずに、「ドクトル大石」の表札を出しただけなので、町の人たちは「毒取るさん」と呼び、初めは梅毒や胎毒を取る医師と思いこんだ。

こうして開業してまもなく、こんどは父親が死亡した。長兄は名古屋市へ出て、燃料を商いながらキリスト教を伝道していたが、明治二十四年十月二十八日朝方の濃尾大地震で、ミサのさなかに教会のレンガの下敷きになり、妻とともに即死している。独身の大石は、長兄の遺児三人に経済的な援助をしながら、狂歌をつくるようになった。

諷刺雑誌の「團々珍聞(まるまるちんぶん)」は、創刊から二十年の歴史があり、毎週土曜日に発売し、略称マルチンで親しまれている。一八九七（明治三十）年十一月二十七日付の一一三九号に、「新宮無門庵」のペンネームで、大石の狂歌が載った。

米の値に太き吐息をつき乍ら
　細き煙もたたぬ貧民

これは米価の騰貴に苦しむ庶民の生活を歌ったもので、明治三十一年一月八日付の一一四五号では、中国でドイツ人の宣教師が殺され、報復にドイツ海軍が膠州(こうしゅう)湾を占領し、租借するにいたる「膠州事件」を諷刺した。

山東に血を流したる果ては地を
　　割かねば承知宣教の職

この「團々珍聞」には、幸徳秋水も「いろは庵」のペンネームで、明治三十年四月から、茶説（社説のもじり）を連載しており、大石の「膠州事件」が採用された翌週の一一四六号に、「東洋乎東洋乎」を書いている。

《去年十一月、ドイツの水兵が乱暴にも膠州湾の占領に出かけ、芝居のようなゆすり文句をはじめたので、共謀になったロシア、フランス、イギリスも、「さてその次に控えしは」と、気取った長セリフで、勝手な熱を吹きだした。並大抵のものなら、「すわ身の上の一大事」と立ち騒ぐところだが、さすが周公・孔子の国は、いやはや度量が大きく、取られ次第の成り次第で、「旅順御勝手、大連結構」と、熨斗をつけんばかりなのは、さてもノンキな次第というべし。さらば東洋第一流の文明国たる日本人民は、ここに大いにフンドシを締めて、わが東洋の平和を計るべきはずなのに、それどころにはあらざるごとし》

一八九九（明治三十二）年一月、大石誠之助は、伝染病を研究するため、インドのボンベイ大学に留学し、シンガポールで医院を開業しながら、植民地病院で脚気とマラリアを研究した。

インドの植民地経営の実態にふれた大石は、社会主義に関心をもつようになり、ボンベイ大学の教授との交流によって、汎神論の哲学（万物は神の現れであり、万物に神が宿って、一切が神そのものであるとする）にも、深い興味を示している。

明治三十四年一月、インドから帰国した大石は、ふたたび新宮で開業し、十一月に結婚した。妻エイは士族の三女で十八歳、大石は三十四歳だから、年齢差も評判になったが、わざわざ仏滅に挙式して、町の人たちを驚かせた。家庭では洋食のつくりかたを妻に教え、患者に生活改善を指導するなどして、ドクトル大石は、西洋的な合理主義者として有名になる。

明治三十六年四月、「万朝報」記者の堺利彦が、出版社をつくり「家庭雑誌」を創刊した。その社会主義は、まず家庭において実現し、発達させなければならないとする趣旨である。その「家庭雑誌」に、大石が「和洋折衷料理」「牛乳の話」「フライの話」「シチューの調理法」「サラダの話」など料理の原稿を送り、堺と文通するようになった。十一月十五日、対ロシアの開戦を社是にした「万朝報」を辞めた堺と幸徳秋水が、週刊「平民新聞」を創刊すると、大石は定期購読をはじめた。

一九〇四（明治三十七）年二月十日、日本がロシアに宣戦布告して日露戦争に突入し、政府は第一回の国債を公募した。総額一億円の募集に、四億五千万円の応募があり、新聞各社は「国民の愛国心の発露」と、さかんに書きたてた。三月十三日の週刊「平民新聞」第十八号に、「国債応募の虚勢」と題して、「紀伊禄亭生」の投稿が掲載された。これは大石が書いたもので、

「禄亭」というペンネームは、「團々珍聞」の狂歌の選者が、大石に与えている。
《わが熊野地方では、郡長が管轄内の財産に応じて割り当て、これを役人が、人民の資産に照らして勧誘する。しかし、わが地方の資産は、主として山林であり、近ごろは木材の不況で、銀行から融資を受け、高い金利に苦しんでいる。お役人は、資産の種類も、金利の高低もかまわず、「愛国」の二字をかざして、ムリに勧めるから、わが知人は、次の事実を報せてきた。「この手紙を書く直前に役人が来て、公債を二万円買えと言いました。これは外国にホラを吹くため、応募額を高める手段で、役場の小使まで買うから、学校教師も五十円申し込んだそうです。この勧誘者は、視学閣下であり、貧しい者に押しつけないために、ぜひ買えとのこと。郡長の顔を立てるためなら、イヤなことだと思いますが、どうせ買わされるのでしょう。いまごろ憎まれ口をきくと、愛国者が暗殺にくるかもしれぬから、こわいこわい」。このように勧められ、やむをえず不動産を担保に、日歩五銭以上（年利一割八分）で銀行から借り、公債（年利五分）を引き受けねばならぬ。この公債は、払い込みの期日がくるごとに、ますます高金利の融資を受けねばならないから、高利貸（銀行）を太らせるために、みずから破産する愛国者が、わが地方に続出するだろう。ここにいたっては、帝国万歳も、高利貸万歳となり、その虚勢をもって、世界に贖（あがな）いうる国光は、そもそも何物であるか、疑わないわけにはいかない》
明治三十七年十月、大石誠之助は、医院の前の空き地に木造の建物を完成させると、「太平洋食堂」の看板をかけ、洋食の料理法から、食べかたまで指導した。正面には「パシフィック・リフレッシュメント・ルーム」と英文で記し、日露戦争のさなかに、平和主義者（パシフィスト）であることをアピールしたのだ。

同年五月初め、遼東半島に上陸した日本軍は、クロポトキン将軍がひきいる二十二万のロシア軍と大消耗戦の末に、九月四日、要衝の瀋陽を占領した。この戦闘で、日本軍の死者は五千五百人、負傷者は一万八千人に達したが、国内では戦勝ムード一色だった。

週刊「平民新聞」第四十八号（明治三十七年十月九日）に、「紀伊　大石禄亭」の記事が掲載された。

《私は先月の初めから急に思い立って、当地に太平洋食堂というレストランを設けました。自分の本業を捨てるほどの勇気はありませんが、もっぱら薬売りをするような今日の医者の仕事は、あまりにも単調でおもしろくないので、そろそろ飽きてしまい、なんとか地方人に多き利益を与えようと、これを思いついたのです。もっとも、レストランとはいえ、ふつうの西洋料理とは違い、家屋の構造や内部の装飾などに、いちいち西洋風の簡易生活法の研究を目安にしています。新聞や雑誌を縦覧するところもあり、青年のための清潔な娯楽と、飲食の場にするようにつとめました。その他、日を定めて貧民を接待することや、家庭料理の稽古をさせることなども、主な仕事の一つにするはずです。ともあれ、自分もカウンターに立ち、テーブルにはべり、レンジの前で働かねばならぬわけで、ここ三、四カ月は、てんてこ舞いしなければな

りません》

明治三十八年一月、週刊「平民新聞」は、前年十一月十三日の第五十三号に、幸徳秋水、堺利彦の共訳で、初めて日本語による「共産党宣言」を掲載したことにより、発行停止の判決を受けた。二月二十八日、発行兼編集人の幸徳は、軽禁錮五カ月の判決が確定し、この日のうちに巣鴨監獄に入獄した。七月二十八日、出獄した幸徳は、かなり衰弱しており、しばらく平民病院の加藤時次郎院長の別荘で静養した。

九月五日、日本とロシアは、アメリカのローズヴェルト大統領のあっせんで、ポーツマス講和条約に調印した。桂太郎内閣は、御前会議で対ロシア賠償金とサハリン北部の割譲放棄を決定し、東京の日比谷では講和反対の全国大会がひらかれ、群衆が内相官邸、警視庁、交番、国民新聞社などを襲って焼き討ちをかけた。

十月九日、幸徳秋水は、平民社を解散した。そもそも週刊「平民新聞」は、「世界をあげて軍備を撤去し、戦争を禁絶することを期す」と、自由・平等・博愛をスローガンに創刊した。その非戦論の拠点で、活動を再開できるはずもない。十一月十四日、幸徳が横浜から「伊予丸」でアメリカへ出発したのは、国内での難を避ける亡命である。このとき大石誠之助は、餞別として三十円を贈った。

日露戦争のさなかに「太平洋食堂」をひらいた大石誠之助は、客と一緒に食事をしながら非戦論を説いたりしたが、社会主義系の新聞・雑誌はことごとく発禁になったので、もっぱら「家庭雑誌」に、「菜食の話」「サンドイッチ数品」「臓器料理」「貧者の心得」などを書いた。

明治四十年一月十五日、アメリカ帰りの幸徳秋水が、堺利彦らと日刊「平民新聞」を創刊すると、大石誠之助は、「いわゆる正義の人」「実業と人権」などを書いた。しかし、日刊「平民新聞」は、四月十四日付の第七十五号を出したところで、「社会主義者の硬派の機関紙」とみなされ、廃刊に追い込まれる。

同年六月一日、半月刊「大阪平民新聞」が創刊されると、大石誠之助は、「煽動論」「ストライキ論」「社会主義者はこぞって無政府主義者なり」「汝の敵を憎め」などを書いたが、この新聞は途中で「日本平民新聞」と改題したあと、四十一年五月、発行する大阪平民社が解散した。

明治四十二年五月二十三日付の「日出新聞」に、大石は「無門庵主人」のペンネームで、「家庭破壊論」を発表した。

《いまの夫婦というものは、真の愛情はなくてもよい。趣味は一致しなくてもよい。ただ経済的に利益をおなじくして、自己の利益になる行動をとればよい。夫婦の多くは、夫と別れたら明日から食うに困るとか、妻に逃げられたら煮炊きや洗濯にさしつかえるとかで、慢性の夫婦という関係を維持しているのみだ。それで僕らは、いまの社会を改革する手段として、まず第一に家庭に手をつけ、破壊することである。現在の家庭は、その形式や精神を破壊し、自由な男女の関係をつくらねばならぬ。たまたま家庭の不和とか紛争とかおこった場合は、ためらわずに離婚を決行することを奨励すべきである。姦淫だの野合だのと排斥してきた行為を是認し、私生児を生むということなどは、もっとも自然な出来事とみるべきだ。どこやらの牧師は、キリストがマリアの私生児だと言われ、ムキになって怒ったという。こんな滑稽な話は、私生児という侮辱の文字を冠することが神の聖旨だと思う、あわれな馬鹿者から出る。われわれは理論において、これらの偏見を打破するとともに、実行においても旧道徳に逆らうことを奨励すべきである》

この「家庭破壊論」を掲載した京都の「日出新聞」は、ただちに発売禁止になり、社長と編集長は罰金刑に処せられた。しかし、大石誠之助は、少し内容を変えた「家庭破壊論」を、明治四十二年六月十日発行の「自由思想」第二号に掲載し、発売禁止処分になった。このため発行人の管野スガは、罰金百四十円に処せられ、第一号の秘密発送をふくむ罰金が合計六百四十円に達して、四十三年五月十八日に換刑で入獄することになる。

明治四十三年六月九日付「東京朝日新聞」は、「和歌山県で逮捕された大石らの素性／土地の嫌われ者／不穏なる宗教家／新宮の社会主義者」などの見出しで報じた。

《紀州新宮町において、無政府党陰謀事件の連累者として逮捕された大石誠之助は、同地の名望家の生まれで、アメリカに渡航して苦学を積み、ドクトルの学位を受けた。アメリカ滞在中に社会主義に感染し、帰国後は幸徳秋水、堺利彦らと往復して、さかんに社会主義を鼓吹した。そのころより、ゴーリキー、トルストイなどロシア文学を愛読し、これらを短編に翻訳して、地方雑誌に投書した。また公開演説会をひらいて財産平等を唱えるなどして、下級の労働者を施療して社会主義の拡張をはかり、商業地として知られる同地の人々から、非常に忌避されていた。家宅捜索を受けた沖野岩三郎は、日本キリスト教会に属する牧師で文学趣味をもち、「サンセット新聞」と称する宗教文学雑誌を発行している。その雑誌を一読すれば、危険な革命思想があふれており、大石らの社会主義論を掲載し、主義の鼓吹につとめた形跡がある。その他に数名の嫌疑者があるが、もともと同地は商業地にして、材木の伐採によって一攫千金の利をえた成り金が跋扈し、はなはだ生活が華美につき、自然に資本家と労働者が反目している。これに社会主義者が乗じて、愚民を煽動しているもので、同地の主義者は、大石その他二、三の者を除くと、無学な労働者の輩という》

明治四十三年六月八日、大石誠之助を取り調べた潮恒太郎判事は、新村忠雄の予審も担当しており、大石の第一回予審調書を作成する前に、三回にわたって新村を取り調べている。

【新村忠雄の第一回予審・六月三日】

問　幸徳秋水の家に、厄介になっていたことがあるか。

答　厄介になっていたわけではありません。明治四十二年二月四日、私が前橋監獄を刑期満了で出獄し、二月五日に東京府北豊島郡巣鴨村の平民社へ行くと、幸徳秋水と妻の千代子が、二人とも病気で難儀していたから、気の毒に思って、滞在して世話をしたのです。もっとも千代子は、三月一日に離婚になり、それから管野スガがきました。

問　明治四十二年三月末から、紀州新宮の大石誠之助方へ行っていたか。

答　幸徳方へ管野が入り、私がいなくてもさしつかえないから、信州へ帰郷しようかと思いました。しかし、出獄後の疲労もあり、保養が必要であると思い、見物かたがた紀州へ行くと、大石が「しばらく薬局を手伝ってくれ」と言うので、八月二十日まで滞在しました。

問　大石は社会主義者か。

答　そのように思います。

問　大石と幸徳は、かねてより懇意の間柄なのか。

答　いつも幸徳は、大石からクスリをもらっていました。

問　爆裂弾のことは、紀州の大石方にいたとき、宮下太吉が申してきたか。

答　明治四十二年七月中旬ころ、宮下から手紙がきて、「○○を製造して主義のために死ぬ」と、爆裂弾をつくる旨を書いておりました。しかし、その目的については書いていなかったから、「いずれ会って相談しよう」と、ひとまず返事を出しておいたのです。

【新村忠雄の第二回予審・六月五日】

問　明治四十二年三月二十九日、東京を発って新宮へ向かったのか。

答　さようです。

問　大石誠之助とは、以前からの知り合いなのか。

答　明治四十一年十一月下旬ころ、大石が医療機械の買い入れとかの用向きで上京したとき、平民社で「大石誠之助君を歓迎する集い」がひらかれたので参加し、初めて会いました。

問　大石方に滞在中に、宮下太吉から手紙がきたのは、相違ないか。

答　相違ありません。二通目の手紙に、「いよいよ爆裂弾をつくるから、会って相談したい」という内容でした。

問　その手紙を大石に見せたか。

答　届いて二、三日たって雑談のとき見せたら、「フン」と言っただけで、べつになんとも申しませんでした。

問　「フン」と言った意味は？

答　機械職工の宮下が爆裂弾をつくると言っても、たいしたことはないと思って、軽蔑していたようです。

問　そもそも大石は、宮下の爆裂弾計画を知っていたのか。

答　その前に私が、「宮下が爆裂弾をつくって天子を斃(たお)す計画を立てている」と話したから、知っておりました。

問　新宮にいるあいだに、管野スガから手紙がきたか。

答「壮大な革命をやろう」とか、いろいろ書いてきたので、私は八月下旬に帰京し、平民社へ行ったのです。

問　それからどうしたか。

答　明治四十二年九月一日に管野が出獄するから、私は八月下旬に帰京して、郷里の信州へ帰ることにしました。そのとき管野が、「宮下が信州明科で爆裂弾をつくって天子を斃すと言っているから、その計画を大仕掛けにして革命をおこしたいと思っている」と申したので、私も「賛成であるからともにやろう」と。

【新村忠雄の第三回予審・六月六日】

問　大石誠之助方に、いつからいつまで滞在したのか。

答　明治四十二年四月一日から、八月二十日までです。

問　宮下太吉の計画を、いつ大石に話したのか。

答　大石方へ行って四、五日後のことです。東京の様子を話しているうちに、「幸徳秋水から、宮下が爆裂弾をつくって元首を斃そうと計画していると聞いた」と伝えました。

問　そのあと宮下から、「いよいよ爆裂弾をつくる」という手紙がきて、それを大石に見せたのか。

答　そうです。

問　新宮から東京へ帰り、宮下がつくる爆裂弾のことを、大石に手紙で知らせたか。

答　そうです。本年一月末か、二月初めでした。「私はふたたび貴家に行く約束をしていたが、ある人が爆裂弾をつくって社会主義のために運動をするから、自分もくわらねばならないので、約束を守れなくなった」と書いたのです。すると大石から、「新宮には新たに医師が開業し、自分のところは閑（ひま）になったから、もう君はこなくてもよい」という手紙がきました。それで私は、大石が私のことを危険に感じて、遠ざけたのだと考えたのです。

問　爆裂弾計画にくわわることを大石に伝えたときには、すでに宮下はつくっていたのではないか。

答　いちど実験に成功していましたが、薬品を調合しておくのは危険だから、鶏冠石と塩素酸カリを別にして保管し、いつでも調合できるようになっていました。

新村忠雄は、長野監獄から東京監獄へ移されてすぐ、小原直（おばらなおし）検事が、明治四十三年六月三日付で作成した「管野スガの第二回供述調書」を、潮恒太郎判事から見せられた。

そのなかで管野スガは、次のように述べている。

「貴官の取り調べにたいし、新村忠雄が、私の決心が鈍かったように陳述しているとすれば、それは友情として、いくぶんでも私の責任を軽くする考えから、さように申したのだと思います。そのことには感謝しますが、私の決心が鈍っていたようなことはありません。新村善兵衛という人は、名前はかねて知っておりますが、社会主義者ではなく、こんどの計画には、もちろんくわわっておりません」

これを読んだとき、新村は涙を流して、胸で十字を切った。明治三十八年三月、十七歳のとき東京・浅草須賀町の教会で、従兄弟の牧師から洗礼を受けたが、あまり熱心なクリスチャンではない。しかし、管野が自分との「友情」を口にして、兄の善兵衛が「こんどの計画には、もちろんくわわっておりません」と言い切っていることに、いたく感激したようである。

それから新村は、すらすらと尋問に答えるようになった。

【新村忠雄の第四回予審・六月九日】

問　明治四十一年十一月二十二日ころ、平民社で大石誠之助に会ったか。

答　そうです。私が高崎から東京へきていたときに、平民社へ行くと大石もきており、ともに一泊しました。

問　そのとき幸徳秋水は、「日本でもロシアやフランスのように暴力の革命が必要だ」と、パリコミューンの話などをして、「決死の士が五十人ばかりいれば、爆裂弾その他の武器を与えて、裁判所や監獄や諸官省を破壊し、富豪の財を奪って貧民たちを賑わわし、暴力によって社会の勢力を占領すれば、革命の目的にとっては非常に利益である」と話さなかったか？
答 いつも幸徳は、そのようなことを申しておりましたから、そのときだったかどうか、よく覚えておりません。
問 皇室を倒し、至尊に危害をくわえる意見だったか。
答 むろん皇室を倒し、元首に危害をくわえるという意見です。このことは、われわれの革命運動に当然ふくまれており、とりたてて言われなくても、同志のあいだではわかっていました。
問 ということは、明治四十二年二月十三日に宮下太吉が平民社へきて、「爆裂弾で元首を薨す」と話す以前から、同様の意見だったのか。
答 そうです。抽象的には、皆がその意見でした。
問 宮下が平民社から立ち去ったあと、幸徳が称揚したのか。
答 幸徳は私にたいし、「宮下はこのような計画をもっており、しっかりした人物である」と、その計画と人物を称揚したのです。
問 そのあと幸徳から、革命運動についてなにか申してきたか。
答 幸徳からは、なにも言ってきませんが、私が新宮の大石誠之助方に滞在中に、管野スガからたびたび、「暴力の革命をやりたい」という手紙がきました。むろんそれは、管野と幸徳の相談のうえだったと思います。計画の実行について、両人の意思が疎通していたことは、疑う余地がありません。

問　爆裂弾をつくって、至尊に投げつける計画を、いつ具体的にしたか。
答　私が新宮から帰京してから、明治四十二年九月に平民社でしております。
問　その謀議にくわわったのは？
答　幸徳秋水、管野スガ、私の三人でした。その結果を、私が信州へ帰って、宮下太吉に伝えたのです。
問　実行の日時、場所などもきめていたのか。
答　明治四十三年秋ころ、元首が通行する途中でやろうと話し合いました。
問　計画と実行のあいだが、あまりにも長すぎるのではないか。
答　われわれ社会主義者は、つねに警察官に尾行監視されていましたから、しばらく静かにして、政府を安心させる必要があります。爆裂弾も秘密につくるから時間がかかって、急速に実行することはできません。なるべく同志を多くあつめ、大仕掛けにやりたい考えもあり、四十三年秋ということにしました。
問　昨年八月二十日、大石誠之助方を出て、東京へ帰る途中に、二通のハガキを大石宛に送ったか。

このとき予審判事は、明治四十三年六月三日の家宅捜索で、大石誠之助方から押収した絵ハガキ二通（いずれも明治四十二年八月二十一日付の消印）を示した。

《先生。どうも帰京と決定してからは、淋しくて淋しくて、そして名残惜しくて、たまらなくなりましたよ。これをもって考えると、母親のそばへは、どうしても帰らぬほうが、革命のためによいですね》

《第二信。考えてみると、新宮の四カ月半は、嵐の前の静けさというべきか、進むのを止めることは、出来ませんねぇ。新宮警察とて、今までのように続くとは思えません。ひとえに御注意を願います。戦士はほかに何人もある。疲れたる、己の衰えたる戦士をして、慰め励ます唯一の地を失うことは、もっとも悲しむべきことです。なにとぞ自重してください》

答　さようです。私が書いて、投函しました。

問　「母親のそばへは、どうしても帰らぬほうが、革命のためによいですね」とあるのは、どういうことか。

答　それは私が、革命運動をやる覚悟でしたから、母のところへ帰っては決心も鈍る。それで帰らぬほうがよかろうということを書いたのです。

問　「新宮の四カ月半は、嵐の前の静けさというべきか、進むのを止めることは、出来ませんねぇ」とあるのは、革命運動へ向かって進んでいく決意か。

答　さようです。なお文中に、「新宮警察とて」とあるのは、大石は土地の有力者だから、これまで警察もあまり干渉しなかったけれども、同志も多くなれば、これまでのように寛大ではないから、大いに注意したほうがよい、という意味です。

問　「戦士はほかに何人もある。疲れたる、己の衰えたる戦士をして、慰め励ます唯一の地を失うことは、もっとも悲しむべきことです。なにとぞ自重してください」とあるのは、大石に革命運動の後援を頼んだようにみえるが？

答　はい。大石は実行の人ではありません。したがって、ほかの同志が困っているとき救ってもらいたいと、前から話していたことを書きました。

問　大石も承知していたのか。

答　さようです。

問　第三回予審において、「ふたたび貴家に行く約束をしていたが」と、大石にことわりの手紙を書いたと述べている。しかし、爆裂弾計画にくわわる決心で新宮を去ったのなら、二度と新宮へ行く気はなかったのではないか。

問　その当時は、まだ実行の時期もわからず、私が実行の任に当たるかどうかも、きまっておりませんでした。大石にはほかの同志も世話になっているので、その返礼かたがた、無給で医局の手伝いをしようと考えていたのです。

問　本日の申し立てに、これまでと相違する点があるか。

答　これまで私は、幸徳秋水や大石誠之助を庇護したいと思い、いくぶん事実と違ったことを申しましたが、本日の申し立ては正確であります。

宮下太吉の予審は、明治四十三年六月四日から開始され、東京地裁判事の河島台蔵（大審院兼務）が担当している。

明治四十二年二月十三日、東京へ製材機械の据え付けに出張した宮下が、北豊島郡巣鴨村の平民社を初めて訪ねたのは、森近運平に会うためだった。四十年四月、東京で発行する日刊「平民新聞」が廃刊になったあと、六月一日付で「大阪平民新聞」を創刊して、森近が発行兼編集人をつとめていた。その森近と、宮下が初めて大阪で会ったのが十二月で、四十一年二月にふたたび大阪平民社を訪ね、強い影響を受けたのである。

東京へ移送された宮下太吉は、検事の取り調べにたいし、次のようなことを供述している。

《愛知県から東京へ出張した初日に、私は大阪いらい懇意の間柄であった森近運平を、まず訪ねるつもりでした。手控えしてあった町名番地を頼りに、巣鴨駅で降りて探しましたが、なかなかわかりません。そこでやむなく、ある家のおかみさんに幸徳秋水方をたずねたところ、「すぐそこです」と教えてくれたのです。行くと書生の新村忠雄が取り次いでくれ、幸徳に初対面のあいさつをして、奥の八畳間で二時間ほど対談しました。しかし、爆裂弾をつくって天皇をやっつける計画を打ち明けても、幸徳の返答が要領をえないので、私は森近方へ行くことにしたのです。案内してくれたのは、当時の妻の千代子でした。森近方に来客はなく、私は座敷に上がり、千代子はすぐ帰りました。私と森近は座敷で対談して、そのとき爆裂弾について話し、賛成を求めたのです。すると森近は、「自分には親も妻子もあり、いまは思い切った行動はできぬ」と、ハッキリ断りました。それで私は話を打ち切り、夕食を御馳走になって、そのまま帰ろうとしたら、「せっかく遠方からきたのだから、幸徳方に寄って同志と話していかないか」と誘われ、ふたたび幸徳方へ行ったのです。そのとき居たのは、幸徳秋水、岡野辰之助、新村忠雄の三人で、森近運平と私がくわわり、茶菓のもてなしを受けて、午後九時ころまで雑談しました。もちろん、私の計画についてはなにも話さず、地方の状況などを話題にしました》

一八八一（明治十四）年一月二十日生まれの森近運平は、岡山県後月（しつき）郡高屋村で育った。父親の嘉三郎は手広く農業をいとなみ、山林もかなりもっていた。一家が金光教の熱心な信者だったのは、運平の祖父が病に苦しんだとき、教祖の導きで健康になったからという。子どもは男三人、女四人で、運平は長男である。

小学校のころは病弱で、祖父母と健康祈願の巡礼に出たりしたが、算術がよくできた。明治二十七年八月、十三歳の運平は、夏祭に子どもたちが、夜店でカネを浪費するので、「お互いに小遣い銭を倹約し、貯金しようではないか」と、二十人ばかりをあつめ、月五銭の積み立てをはじめた。これは「森近の講」として、運平が村を出てからも続く。

明治三十年四月、村長の推挙によって、新設された岡山県農事講習所農業科に、補助生（奨学生）として入学した。寄宿舎に入り、農業を学びながら、社会制度や歴史に関心をもった。この講習所は、岡山県立農学校に改組され、三十三年三月、森近は一期生の首席で卒業した。三十三年八月、大蔵省専売局の府中支局（広島県）に就職する。本人の志望は、岡山近郊で近代的な園芸をいとなむことだったが、農学校の恩師の説得で官吏になり、月俸十四円を支給された。三十四年五月、農商務省の農事試験場山陽支場（広島県）に転出し、農事試験研究の助手をつとめた。月俸は十八円で、十二月に「格別勉励につき金七円賞与す」と、ボーナスをもらった。

三十五年二月、岡山県の技手に転任して、県庁の内務部勧業課農事掛に勤務する。ここですることは、産業組合（農協の前身）の奨励と指導である。このころ岡山県では、コメの商品性を高めるため、産米検査制度を制定し、三十六年秋から実施した。強制的に検査をおこなうのは、大分県に次ぎ全国で二番目だった。コメの商品価値は高まるが、小作農にとっては、おなじ容量であっても、より多くの労力を要する合格米を、地主に納めることを求められる。これは実質的に、小作料の増額だから、農民たちは反発した。三十六年末、小作米の納入期に、県下の浅口郡と英田郡で、産米検査をきっかけとして、小作料の減額を求める争議がおきる。

明治三十七年一月二十四日の週刊「平民新聞」第十一号に、「岡山県　悪運子」の投稿「地主と小作人の戦争」が掲載された。書いたのは、森近運平にほかならない。

《当県下は、一般に小作米がはなはだ高くて、営々として一町歩の二毛作田をたがやす小作人が、平年にうるところは、コメ三石ないし四石、裸ムギ八石ないし十石である。そのなかから、肥料代、農具農舎の損料、牛馬の飼育代を引き去り、一家五人を糊口する次第で、困難はいうまでもない。明治三十六年から、県令をもって、米作の改良を実行させられることになり、小作人らはいっそうの手間をついやし、従来にくらべて一石につき七、八十銭も高価なコメを地主に納めることになり、その苦痛はますます高くなった。これを契機として、小作人は団結し、地主に小作料の減額をせまったが、地主らは集会協議して、「改良に関する手数料のみを小作人に与え、小作料は従前のとおり納めさせる」と決した。小作人の多くは、これに満足せず、同盟罷業をおこなった。地主の一部は、ほかより労働者を雇い入れ、非常な損失をしのんで、自作を実行した（もちろん永久に自作をするのではなく、一時の恫喝である）。また、一部の地主は、小作人の閉口するまで、田地を荒廃させることにした。地主の小作人にたいする策中で、前者に妙をえたるは、浅口郡の小野某、後者に長ぜるは英田（あいだ）郡の多額納税者・豊福某で、村会議員の半数を一人で任命している（選挙ではなく任命である）。広大な山林の植えつけにあたる人夫の監督を、巡査にさせようとくわだてる大旦那、大棍棒……。ああ、われわれはいつまで、地主制度のもとに泣かされるのか》

かねてより森近運平は、小作人の救済について、熱心に説いていた。

一九〇〇（明治三十三）年三月公布の産業組合法は、信用組合を規定している。この信用組合は、営農資金にとぼしい小規模な農家に、無抵当で低利の貸し付けをするから、高利の借金をしなくてもよい。共同相助によって、貯蓄をうながし、農事改良をすみやかにする。これによって農家は、みずからの経営状態を記帳するなど、事務上の習練をすることができる。また、人々が失いつつある信用・共同・倹約といった徳義を、挽回するチャンスという。

明治三十七年四月、岡山市の吉田書房から、森近運平編『産業組合手引』が出版された。岡山県知事の檜垣直右(ひがきなおすけ)が序文に、「平易な文章により産業組合を説明し、法規の条文を附して、一般読者をして設立の必要を会得させる。これは細民擁護の一助となり、時勢に適用するもので、よく余の意をえたものである」と書いている。

明治三十七年七月二十四日の週刊「平民新聞」第三十七号に、森近運平編『産業組合手引』の広告が掲載された。

《大資本による専制の勢い、とどまるところを知らぬ今日において、労働者、小農が共助して実力を養うものは、産業組合のほかにない。本書は、平易にして簡明に産業組合の精神および運用の方法を論じ、各種の関係法規、模範定款、書類の様式を附しており、その事務に通じることができる。有志の士に、一読あらんことを請う》

明治三十七年七月十三日から十日間にわたって、農商務省の本庁で、第一回産業組合の講習会がひらかれた。森近運平は、岡山県庁から派遣され、神田神保町の旅館に滞在している。二十三歳の森近は、麴町区有楽町の平民社を訪ね、初めて幸徳秋水や堺利彦に会った。このとき、『産業組合手引』の委託販売を頼み、「平民新聞」に広告が載ったのである。

「県知事の推薦序文がついた本を、平民社が売るのも一興だね」

堺利彦は、大いにおもしろがった。この年二月、日本がロシアに宣戦布告し、開戦直後の国会で増税がきまったから、「平民新聞」は「ああ、増税」と批判して、発行兼編集人の堺は、軽禁錮二ヵ月に処せられ、巣鴨監獄から出たばかりだった。のちに森近は、堺との共著『社会主義綱要』を刊行する（明治四十年十一月）。どちらかというと森近は、幸徳よりも堺と思想的に近く、実務家という点でも共通するものがあった。

なお、明治三十七年七月十八日、管野スガは、婦人矯風会の大阪代表として上京し、平民社に堺を訪ねている。堺が「万朝報」の記者だったころ、強姦被害に遇って苦しんでいる女性の身の上相談を受け、「往来を歩いていて狂犬に嚙みつかれたようなもので、あなた自身の責任ではない。早く忘れてしまいなさい」と書いたことに、感激したからだった。しかし、おなじ明治十四年生まれの森近と管野は、このとき顔を合わせていない。

明治三十七年七月末、東京出張から帰った森近は、軍用米の買い上げや、食料増産のために、各町村を巡回した。それらの任務で、吉備（きび）郡の町村長会議に出た森近は、害虫駆除の話をしたあと、農村の窮状に言及した。

「農村を回ってみると、どこへ行っても、苦しい話題ばかりである。働きざかりの男手を戦場に取られ、田畑を守る者は、疲労困憊している。戦争というものは、まことに有害無益なものだから、すみやかにやめなければならない。そうはいっても、国家間のことだから、引っ込みがつかぬと諸君は思うだろう。しかし、きわめて有効な方法が、一つだけ残されている。それは各府県で、なかば強制的におこなわれている第二次軍事公債に、諸君が応募しないことだ。そうすれば戦費の調達ができないから、戦争をやめざるをえない」

この発言が問題になり、郡長から知事に報告がなされた。檜垣知事は、森近の将来を嘱望しているから、呼び出しても説諭だけで、辞職をせまっていない。

明治三十七年十二月二十四日、森近運平は、「依願免本官」で辞職した。これは治安当局が、厳重な監視下におくようになったからで、森近は親しい知人に語った。

「地主と小作人との紛争は、県当局が解決しようとしても、農事掛をつとめる小官吏が対策に腐心したところで、どうすることもできない。しかし、幸徳秋水著『社会主義神髄』を一読すると、この問題は、現行の法制度の下では解決の方法がなく、社会主義の発達をはかり、すべての土地を社会の共有または公有にすべきだと、確信するにいたった」

森近運平は、一九〇二(明治三十五)年九月に結婚している。妻のシゲは高等小学校の同級生で、富農の次女だった。翌年七月に長女の菊代が生まれ、二十二歳で父親になった森近は、二十三歳で職を失い、明治三十八年二月、岡山から大阪へ転居して、大阪平民社を設立した。

社会主義サークルとしての週刊「平民新聞」の大阪読書会は、「大阪新報」の記者をしていた管野スガによって、すでに組織されていた。そのサークルを、大阪における強固な拠点にしようと考えた堺利彦が、岡山県庁をやめた森近を勧誘し、大阪平民社を立ち上げたのである。

週刊「平民新聞」は、明治三十七年十一月十三日付の第五十三号に、マルクス・エンゲルスの「共産党宣言」を翻訳掲載し、発行停止の判決を受け、三十八年一月二十九日付の第六十四号に「終刊の辞」を掲載して廃刊している。その直後に設立した大阪平民社は、東京の平民社が刊行した社会主義関係の書籍類や、「平民新聞」の合本を〝伝道販売〟することが中心で、森近はみずから、神戸平民倶楽部や岡山いろは倶楽部などを、せっせとまわるようになった。

しかし、十二指腸を患い、肝臓ジストマに悩まされていた森近は、妻子をかかえて生活にゆきづまり、大阪平民社を解散すると、明治三十八年十一月に上京した。その年四月から、東京の同志らが、神田三崎町三丁目に、「平民舎ミルクホール」を開業していた。牛乳などの飲物を販売して、社会主義関係の新聞や雑誌を無料で読ませる店の経営を、森近が引き継いだのである。幸徳秋水は、「共産党宣言」を掲載した発行兼編集人として、軽禁錮五カ月に処せられ、三十八年七月に出獄すると、十月に平民社を解散し、十一月にアメリカへ亡命している。

明治三十九年一月に発足した第一次西園寺（さいおんじ）公望（きんもち）内閣は、「社会主義者を弾圧すべきではない」との方針で、堺利彦らによる日本社会党の結成を認めた。二月二十四日の第一回党大会で、森近は堺とともに、評議員兼幹事に選ばれた。六月二十三日、アメリカから帰国した幸徳秋水は、六月二十八日、神田錦輝館で「世界革命運動の潮流」と題して演説した。

平民舎ミルクホールは、社会主義運動が合法化されたことで繁盛するようになり、妻のシゲが切り盛りし、森近は各地の演説会に出向いた。農業にくわしい森近の演説は、ユーモラスでわかりやすく、地方へ行くほど歓迎されたのである。しかし、三十九年八月二十七日、平民舎ミルクホールは閉店した。かき氷をはじめるなどして、経営は順調だったが、妻が胸を患って寝込んだからだ。このため一家は、神田の三崎町から、新宿の淀橋町へ移った。

明治四十年一月十五日、幸徳秋水、堺利彦らが日刊「平民新聞」を創刊すると、森近運平は販売を担当したが、三月下旬になって、妻子を連れて大阪へ帰った。〝嘲世罵俗〟で知られる「滑稽新聞」を経営する宮武外骨が、社会主義研究会の機関誌を発行するため、主筆として森近を招いたのだ。

五月一日（メーデー）、創刊号を出した雑誌「活殺」は、A5判四十八ページで、キリスト教社会主義者の安部磯雄や、衆議院議員の細野次郎、島田三郎、河野広中らが寄稿しているが、一号きりで終わった。その原因は、主筆の森近がペンネームで書いた「宗教の堕落」が、あまりにも過激であると、国家社会主義をモットーとする研究会のメンバー（教育家や弁護士）が怒り、それに宮武が反発して、「じゃあ廃刊しよう」となったからである。

六月一日、半月刊「大阪平民新聞」が、森近運平を発行兼編集人として創刊したのは、「滑稽新聞」の宮武外骨の資金援助による。東京で発行していた日刊「平民新聞」は、日本社会党の第二回党大会(明治四十年二月十七日)が、「国法ノ範囲内ニ於テ社会主義ノ実行ヲ主張シ」という党則を、「社会主義ヲ目的トス」と変更して、内務大臣の原敬から結社の禁止を命令され、四月十四日付を最後に、廃刊に追い込まれた。したがって、「大阪平民新聞」は、日本社会党の機関紙を後継するかたちになり、四十年十一月五日付から「日本平民新聞」と改題した。

日本平民新聞社を、愛知県知多郡の亀崎鉄工所に勤務する宮下太吉が、四十年十二月三日と四十一年二月一日、二回にわたって訪問して、強い影響を受けたとされる。宮下は、詳細な日記をつけており、四十三年五月二十五日、長野県東筑摩郡中川手村字明科で逮捕されたとき、下宿先から書簡類と一緒に押収された。

明治四十三年六月十四日、森近運平(農業・二十九歳)は、岡山県後月郡高屋村の生家で逮捕され、東京へ護送された。

六月十五日、東京地裁検事局で取り調べたのは、武富済検事である。三十一歳の武富は、六月二日に管野スガ、六月八日に大石誠之助を取り調べている。

【森近運平の供述調書】

幸徳秋水は、もともと、過激・急進の論説をなす男であります。明治四十一年十一月ころ、平民社において、私をふくめて四、五人の同志があつまったとき、幸徳は次のように申しました。

「自分は病気のために、どうせ長生きできる身体ではないから、いっそ死ぬのであれば、めざましいことをして死にたい。爆裂弾をもって、五十人くらいの決死の士で暴動をおこし、まず電信電話や鉄道などの交通機関を杜絶する。そして諸官省を破壊し、登記所や税務署を焼き払えば、所有権の証明もなくなるから、人民が勝手に財産を自分のものにすることができる。また、前もって『何月何日に米と酒を給与する』と、貧民を日比谷公園にあつめておき、爆裂弾による暴動をおこせば、来会した貧民は機に乗じて、米や酒を市中から略奪するだろう。暗殺する必要がある者を、天長節の夜会のとき襲えば、多数の要人を一時に殺せて都合がよい。元老や大臣だけではなく、天子もやらねばならぬ。そうすれば一日か二日で、東京全体の秩序は壊乱され、金持ちや大臣はどこかへ逃げてしまい、革命ができるだろう」

列席の者は、「そんなことができるのなら、お互いの生命は要らぬ。おもしろいことである」と申し、私も「それはじつに痛快なことだろう」と言いました。さらに幸徳は、「われわれが二重橋から押し入り、番兵を追い払い、宮中に入ってしまえば、軍隊が来ても、宮中へ鉄砲を撃たぬから安全である」と申しました。

そのとき私が、「前もって、『以後は無政府共産にする』という詔勅を作成して持参し、天皇に談判して印を押してもらえば、日本の歴史は終わりになり、おもしろいであろう」と言うと、幸徳は「そのような詔勅ではなく、『今日までの政府は誤っていたから、以後は無政府共産として、自分は一平民となり、民衆とともに、楽を一緒にする』という詔勅を、天皇が出さねばならぬ」と、申したのであります。

明治四十三年六月十六日付「時事新報」は、「岡山でも社会主義者の検挙」との見出しで報じた。

《岡山県の児玉警察部長、地方裁判所の沢崎検事、藤沢保安課長らは、六月十五日、後月郡高屋村へ出張し、社会主義者の森近運平方の家宅捜索をおこない、ただちに同人を拘引したが、引き続き県下の社会主義者の検挙をなすはずで、各方面に出張する》

森近運平の予審を担当する判事は、宮下太吉を取り調べてきた河島台蔵である。これまで河島は、宮下の予審法廷で、森近との結びつきについて、次のような供述を引き出している。

【宮下太吉の第一回予審・六月四日】

問　社会主義の先輩と、交際するようになった時期は？

答　明治四十年十二月、愛知県の亀崎鉄工所から大阪へ機械の据え付けに行ったとき、森近運平に会いました。さらに四十一年二月、森近を訪問しております。

問　そのとき森近から、どんなことを聞かされたか。

答　くわしく覚えておりませんが、そのあと社会主義に関する著作は、かなり読みました。

問　森近本人の著作は、どのようなものを読んだか。

答　これといって、印象に残るものはありません。しかし、私が非常に感心したのは、明治四十一年六月二十二日の「赤旗事件」で同志が投獄されたあと、内山愚童が発行した『入獄記念／無政府共産』という本で、「すべての迷信を打破せよ」と書いてありました。天皇は神というのも、迷信にほかならない。それらのことから、「天皇もわれわれと同様に、血の出る人間だということを示して、迷信を破らなくてはならぬ、天皇を斃さなくてはならぬ」と、決心いたしました。

問　その決心をしたのはいつか。

答　明治四十一年十一月十日です。

問　日付がハッキリしているのは？

答　天皇が関西へ行幸され、その日の午前中に、東海道線の大府駅を通過された。私も駅へ出て、人々に天皇にたいする考えを説いたところ、少しも効果がありません。そこで私は、ただいま申し上げたような決心をしたのです。

【宮下太吉の第二回予審・六月五日】

問　幸徳秋水に初めて会ったのは、明治四十二年二月で間違いないか。

答　そうです。

問　すると元首を斃す決心をしたのは、幸徳に会う前だったか。
答　幸徳に会う前に、その決心をしたから、四十二年の初対面のとき、私の計画を打ち明けました。

【宮下太吉の第三回予審・六月六日】
問　明科製材所で職工の新田融にブリキの小鑵をつくらせたとき、「爆裂弾で天皇を斃す」と話したのか。
答　いいえ。「先年の赤旗事件のような暴動をおこす」と言ったのです。
問　その時期は？
答　明治四十三年秋と申しました。
問　場所については？
答　東京の各所でおこす、と。

【宮下太吉の第四回予審・六月七日】
問　今回の計画が、どうして発覚したと思うか。
答　同志の者の裏切りだと思いますが、私は主義のために死ぬことを覚悟していました。いまさらなにも、悔やむことはありません。われわれの同志がもっとも多いロシアでは、皇帝アレクサンドル二世を暗殺するまでに、十回も失敗を重ねているのです。
問 無政府主義は君主の否認か。
答 さようです。人が人を支配するのは不自然であるという主義だから、むろん君主を否認します。しかし、今回の計画は、日本人の皇室にたいする迷信を打破するのが、第一の主眼なのです。

【宮下太吉の第五回予審・六月八日】
問 明科で新田融に、「先年の赤旗事件のような暴動を東京の各所でおこす」と申したというが、具体的にどんなことをやろうとしたか。
答 神田錦輝館の赤旗事件のような暴動と言いましたが、あの程度のことならば、爆裂弾は必要ではありません。官憲に抵抗して暴動をおこすのだから、諸官省はもとより、三井・三菱などにも放火し、各大臣をやっつけると言ったのであり、暴動というよりも、革命というべきだろうと思います。
問 そのようなことをすれば、天皇を薨すことと、おなじではないか。
答 私は新田に、「爆裂弾を投げて天皇を薨す」と申してはおりませんが、天皇にも危害がおよぶことは、新田も察していたはずです。

【宮下太吉の第六回予審・六月九日】

問　明治四十二年二月十三日、初めて巣鴨の平民社を訪問し、二月二十八日、ふたたび訪ねたのか。

答　さようです。深川区木場の武市製材所で、機械の据え付けが一段落して、あとは運転の様子をみるだけだから、二月二十八日に仕事を休んで行きました。

問　そのとき幸徳秋水と、どのような話をしたのか。

答　暇乞いに行ったのだから、格別なことは話しません。秘密出版をしようにも、警察がやかましくてできないというような話題で、爆裂弾のことなどは持ち出しておりません。

問　その席にはだれがいたか。

答　管野スガと、新村忠雄がいたと思います。森近運平がいなかったので、帰りがけに立ち寄りました。すると森近が、巣鴨停車場まで送ってくれたから、私は汽車で新宿へ出て、新宿から電車で深川区へ帰りました。

問　そのとき森近は、どんな話をしていたか。

答　東京にいても、生活が困難であるから、郷里の岡山へ帰ると言って、すでに荷物を片づけていました。

森近運平は、「日本平民新聞」の発行兼編集人として、明治四十一年二月、大阪控訴院で重禁錮十五日・罰金二円の判決を受けた。改題する前の「大阪平民新聞」に「大阪巡航会社の亡状」という記事を載せたことが、船員のストライキを煽ったとして、治安警察法違反で起訴され、四十年十月、重禁錮一カ月・罰金三円の判決を受け、控訴していたのである。二審判決を受けて、森近は大阪監獄に入獄し、「われ筆禍をえて獄に下る。房に入って座するにおよび、瞑想ということを試みる」と、知人に手紙を書いた。

出獄してまもなく、「日本平民新聞」の付録「農民のめざまし」を、堺利彦、幸徳秋水、山川均、森近運平らの責任執筆にして、「われわれは、すべての正直な人・働く人・貧乏な人の味方で、わがままな資本家、圧制する政府の敵である」と広告したことが、秩序を壊乱したとして発売禁止になり、森近は曾根崎署に拘引された。

明治四十一年五月二十二日、出版法・新聞紙条例違反で起訴された森近は、「これ以上は宮武外骨に迷惑をかけられない」と、大阪平民社を解散し、「日本平民新聞」を休刊した。

五月二十九日、森近は土佐中村を訪れ、クロポトキン著『パンの略取』を翻訳している幸徳秋水に会った。二週間の滞在中、幸徳と二人で演説会を二回ひらき、入場料二銭で八百人の聴衆をあつめた。

六月十一日、紀州新宮に大石誠之助を訪ねて、診察を受けながら二週間滞在した。このとき東京から、出獄した同志を歓迎する集会のあと、大杉栄や荒畑寒村(かんそん)が「無政府共産」の赤旗をかかげてデモをして、制止しようとした堺利彦も逮捕されたという電報が入った。さっそく森近は、神戸平民倶楽部や、熊本評論社などへ手紙を書いたあと、ドクトル大石に漏らした。「帝都で『無政府共産』の赤旗を立てて練り歩けば、警察が干渉するのは当然じゃないか。はね上がりどものために、堺さんまで巻きぞえになった。この損失は、ずいぶん大きい」

七月三日、大阪控訴院で「農民のめざまし」事件の判決があり、軽禁錮二カ月だった。一審は罰金六十円だったが、検事控訴で実刑になったのである。上告をあきらめた森近は、七月八日から大阪監獄に入り、九月六日に出獄すると、いったん岡山へ帰郷した。

九月二十三日、上京した森近は、巣鴨の平民社で坂本清馬とともに、幸徳秋水の食客になる。八月二十九日の「赤旗事件」判決で無罪になった管野スガも、「毎日電報」を解雇され、平民社に出入りしはじめた。

十一月一日、箱根林泉寺の住職・内山愚童が、自分で印刷した『入獄記念／無政府共産』を一千部も持ち込み、平民社から発送したいと依頼したが、『パンの略取』の出版を準備中の幸徳から断られた。森近も同意見だったが、「発送名簿がほしい」といわれ、やむなく「日本平民新聞」の定期購読者リストを内山に見せたから、亀崎鉄工所の宮下太吉に、差出人不明で五十冊が郵送された。

十一月十九日、大石誠之助が上京し、平民社で幸徳や森近に会った。十一月二十二日、平民社で「大石誠之助君を歓迎する集い」がひらかれ、管野スガや、前橋監獄に入獄する直前の新村忠雄も参加した。この二回の会合を、「至尊にたいして危害をくわえんとの陰謀をなし、かつ、その実行の用に供するため爆裂弾を製造し、もって、陰謀実行の予備をなした」と、捜査当局は重視している。

十一月二十六日、森近運平は、巣鴨の平民社を出て、小石川区水道端二丁目に部屋を借り、郷里から妻子を呼び寄せた。古本屋を開業することにして、小石川警察署に古物商営業許可を申請したのだった。十二月七日、古物商の営業許可をもらったが、翌八日、森近は廃業届を提出した。許可をもらった日に、逮捕状が出ていた同志がつかまり、「森近が鑑札と引き換えに居場所を教えた」と、社会主義者のあいだで噂になったからである。十二月八日、『ネルソン百科辞典』を、神田の古本屋に十八円で売った森近は、巣鴨駅に近い借家へ、妻子とともに移った。一人娘の菊代は、五歳になっていた。

明治四十二年一月十四日、内山愚童が平民社を訪れ、幸徳秋水から、ヨーロッパの新聞に掲載された爆裂弾図を借りた。このとき居合わせた坂本清馬が、「爆裂弾で元老や大臣を暗殺する」と言い、内山は「それより皇太子をやっつける」と言った。そこで森近が、「そんなことをすれば大弾圧を受ける」とたしなめると、「警察の顔色ばかりうかがっている」と内山が嘲笑し、激しい口論になった。

一月三十日、幸徳秋水が、クロポトキン著『パンの略取』の刊行を届け出るが、発禁処分になる。一月三十一日、坂本清馬が、管野スガの住まいを訪ねて深夜に帰り、幸徳にあれこれ詮索され、「貴様が革命をやるか、おれが革命をやるか競争しよう。こんなところにおられん」

と、平民社を飛び出す。二月初め、管野スガが、幸徳秋水の経済的援助で、鎌倉の結核療養所へ行く。

二月五日、前橋監獄から出獄した新村忠雄が、幸徳秋水と妻の千代子が、二人とも病気で寝込んでいるのを見て同情し、平民社に住み込む。二月十三日、宮下太吉が平民社を訪れ、幸徳の妻の千代子が、森近の借家へ案内した。このとき宮下から、天皇暗殺計画を持ちかけられ、「自分には親もあり妻子もあるので、いまは思い切った行動はできぬ」と断る。

三月一日、幸徳秋水が、妻の千代子を離別する。三月十日、森近運平が、熊本の「平民評論」創刊号に、「生計上の都合により、岡山へ帰郷して農業をする」と近況を書き送って、巣鴨の借家をたたんで、家族三人で帰郷の途につく。三月十八日、幸徳秋水が、巣鴨から千駄ヶ谷へ平民社を移し、管野スガと事実上の結婚をする。

【宮下太吉の第七回予審・六月十日】

問　明科の官営製材所で、職工の新田融に、社会主義のことを話したか。

答　工場でも、お互いの住まいを訪ねたときも、私が社会主義を説き、新田も賛成しました。それゆえ、本なども渡しております。

問　どのような本か。

答　森近運平と堺利彦の共著『社会主義綱要』とか、秘密出版の『入獄記念/無政府共産』

とかです。

問　新田の申し立てによれば、秘密出版の本は預かったが、『社会主義綱要』は知らないとのことだが？

答　それは新田にとって、『社会主義綱要』という本が難解で、読めなかったからだと思います。十一章からなる本は、序文と最後の章のみを堺が書き、「社会主義と農業」「社会主義と婦人」「社会主義と国際戦争」「社会主義運動の現状」などの章は、森近によるもので、マルクスやエンゲルスの説を紹介しており、幸徳秋水著『社会主義神髄』よりも、理論的水準が高いからです。

【宮下太吉の第八回予審・六月十一日】

問　廃品回収業をしている愛人社の川田倉吉とは、かねてより知り合いか。

答　明治四十二年二月十三日、初めて巣鴨の平民社を訪ねたとき会いました。しかし、名乗りあっただけで、なんの話もしておりません。

問　古河力作と親しい間柄の川田は、「平民社で四十一年中に、宮下太吉と会った」と述べているが？

答　どう考えてみても、四十二年二月十三日以前に、幸徳秋水を訪ねたことはありません。

【宮下太吉の第九回予審・六月十二日】

問　爆裂弾で天皇を毙す考えをおこしたのは、大阪で森近運平に会い、日本の歴史を聞いてからか。

答　森近の話を聞いて、これまでの疑問が解けはじめたのですが、そのあと内山愚童の『入獄記念／無政府共産』を読んで、日本の古代の歴史はつまらないと思うようになったのです。

問　森近に「爆裂弾の製法を教えてくれないか。そのことを書いた本でもよい」と申したことがあるか。

答　いろいろ西洋の本を読んでいる森近が、外国で爆裂弾をもって君主を毙したことなどを書いているから、昨年二月十三日に森近方でたずねたのです。しかし、森近は「自分は製法を知らぬ。そんな本を見たこともない」と申しました。そのとき森近が「古河力作という者が、短刀で桂太郎首相を刺す計画に失敗したので、爆裂弾が欲しいと言っている。古河は身体は小さいが、なかなかしっかりした男だ」と申し向けたのです。

問　すると森近が、爆裂弾計画の実行者として、古河を推奨したのか。

答　さようです。

問　なぜ古河が桂首相を刺そうとしたのか、森近は言わなかったか。

答　それは聞いておりません。

問　どういう訳で狙ったと思うか。

答　明治四十一年七月、赤旗事件に続く不敬事件で、第一次西園寺内閣が総辞職して、第二次桂内閣が成立し、社会主義者への迫害がひどくなりました。それで古河力作が、暗殺を計画したのです。

問　すると森近は、古河を推奨しただけで、自分は主義のために、なにもしようとしなかったのか。

答　森近は、そのような人ではありません。四十二年二月二十八日、巣鴨の自宅を訪ねた私に、丸善から買ってきた原書を見せながら、「東京にいても生活に困るから、郷里の備中高屋村へ帰り、タマネギなどを栽培してみようと思う」と説明しました。そして森近は、「この原書によって栽培をやるかたわら、社会主義の伝道をおこなって、多数の同志をあつめておき、もし東京で革命がおきたとき、それらの人々を引き連れて上京し、革命運動の援助をするつもりだ」と申したのです。

問　そのとき森近に、「明治四十三年秋に革命をおこす」と申したか。

答　それは申しません。

問　森近が「東京で革命がおきたとき」と申したのは、その方らが爆裂弾の計画を実行するときか。

答　森近がどういうつもりだったのか、その時期のことなどは、私にはわかりかねます。

明治四十三年三月二十八日、宮下太吉は、明科駅から篠ノ井線に乗って屋代町へ帰る新村忠雄に、社会主義に関する本を持たせた。製材所の上司たちや、駐在所の小野寺藤彦巡査らに、「社会主義と縁を切った」と思わせるためで、煙山専太郎著『近世無政府主義』(明治三十五年十一月刊)、久米邦武著『日本古代史』(明治三十八年十二月刊)もふくまれている。これらの本は、四十三年五月二十五日、新村が逮捕されたときの家宅捜索で、すべて押収された。

文学博士の煙山専太郎は、外交問題の専門家として有名で、序文で「近世の無政府党の暴行は惨烈をきわめ、心胆を寒からしめるものがある。しかし、世人はその名を知るだけで、その実を知らない。本書はいささか、この欠乏に応えるものである」と述べ、社会に警告する意図を明かして、早稲田叢書の一冊として出版した。この本は、はからずも無政府主義者の必読書になり、一八八一(明治十四)年三月、二十八歳のソフィーア・ペローフスカヤを合図役に、皇帝アレクサンドル二世に爆裂弾を投擲する場面を、管野スガなどはすっかり暗記しているが、宮下太吉は、森近運平に教えられて購読した。

久米邦武の本は、早稲田大学の高等師範部史学科における講義録を一冊にまとめたもので、菊判で九百二十四ページにおよぶ。この本のことを宮下に教えたのも森近で、序文に「これまでの俗伝には、日本は国土も人民も、元はみなイザナギ、イザナミの二尊より生まれ、その種の繁昌したるものにして、ほかに比類なき国と誇りたれど、かかる談は、いまは科学の下に、烟と消えたり」とある早稲田大学出版部の本は、備中高屋村の家宅捜索でも押収されている。

いずれも森近が、宮下に教えたことによって、天皇についての疑問が解けはじめたというものので、内山愚童の『入獄記念／無政府共産』が、爆裂弾計画の直接の動機になった。この小冊子が、亀崎鉄工所の宮下に送付されたのも、森近が「日本平民新聞」の購読者リストを、内山に見せたからだ。

予審判事の河島台蔵は、森近運平の果たした役割について、とりあえず、自分の見解をまとめた。

＊　＊　＊

森近運平は、かねて社会主義の研究をなし、明治三十九年六月、幸徳秋水がアメリカより帰国したあとで、その話を聞き、硬派の説を奉ずるにいたり、四十年六月いらい、大阪で「大阪平民新聞」あるいは「日本平民新聞」と題する、社会主義の新聞を発刊した。四十年十二月三日、宮下太吉の来訪を受け、その質問に答えて、皇室の尊敬するに足らざる旨をもってし、宮下をして皇室を侮蔑する念を抱かしめた。四十一年二月一日、ふたたび宮下の来訪を受けたとき、「主義の目的を達するには、直接行動によるしかない。直接行動をなすときは、結局は暴力革命になる」と説明し、ともに革命を期待したのである。

四十一年五月二十二日、大阪平民社を解散した森近は、幸徳を土佐に、大石誠之助を紀州に訪ねた。七月三日、大阪控訴院において、出版法・新聞紙条例違反で軽禁錮二カ月の言い渡しを受けると、その執行後、九月二十三日に上京し、幸徳方に同居した。四十一年十一月、宮下より、大逆罪の決心をしたこと、東京に事あればただちに応じる旨の書信を受け取り、これを幸徳に示して、宮下の性格を称揚した。そして十一月十九日、大石とともに、幸徳から「決死の士をあつめて暴力の革命をおこし、かつ大逆罪も敢えてする」と提議され、これに同意した。四十二年二月十三日、巣鴨の自宅に宮下の訪問を受け、「大逆罪をおこなう」との決心を聞き、「古河力作は体軀矮小なりとはいえ、先に単身短刀を懐にして、総理大臣を刺そうとした胆気のある人物で、ともに事をなすべきに足りる」と暗に推薦し、「自分は妻子があって、いまは実行にくわわることはできないが、しばらく岡山に帰って園芸に従事するかたわら、主義の伝播につとめ、来るべき革命においては、同志をひきいて上京し、大いに応援する」と告げて、三月中に岡山県に帰省した。

幸徳秋水は、明治四十三年六月一日、箱根の湯河原町で逮捕され、六月二日から、市ヶ谷の東京監獄に収監されている。一八七一（明治四）年九月二十三日生まれだから、このとき三十八歳である。

六月二日、東京地裁検事局で取り調べを受けたとき、四十二年二月ころ、宮下太吉と平民社で会ったことは認めた。しかし、どんなことを話したかは、「記憶しておりません」の一点張りである。そのあと宮下が、管野スガと連絡を取り合ったことについても、「管野から聞いた記憶もなく、私にはわかりません」とかわした。

その検事調べのあと、予審判事の潮恒太郎から尋問された。

【幸徳秋水の第一回予審・六月二日】

問　位記、勲章、従軍記章、年金・恩金または公職があるか。

答　ありません。

問　これまで刑罰に処せられたことがあるか。

答　明治三十八年二月、新聞紙条例違反によって軽禁錮五ヵ月の刑が確定し、同年七月に巣鴨監獄でその執行を終えました。

問　学歴は？

答　高知中学を四年で修了し、明治二十年九月に東京へ出て、中江兆民方に厄介になって、二十四年から国民英学会で学び、卒業しております。

問　中江方にいつまでいたか。

答　明治二十七年三月までです。

問　外国へ行ったことはないか。

答　巣鴨監獄で刑の執行が終わったあと、しばらくアメリカへ行ったことがあります。

問 著述業に入るまで、新聞記者をしていたか。

答 中江方にいたときに、自由党の「自由新聞」で英字新聞の翻訳を担当したあと、「團々珍聞」や「中央新聞」におりました。さらに明治三十一年から三十六年まで「万朝報」におり、同社をやめてから、「平民新聞」を発行しました。

問 社会主義を奉じているか。

答 さようです。

問 いかなる派に属するのか。

答 派というほどのものではありませんが、ごく簡単にいえば、無政府共産主義です。

問 いつごろから無政府共産主義を奉じているのか。

答 私は書生のころから、社会問題を研究しており、ドイツの社会主義のように、労働者の代表を議会へ送って、法律を改正していけば、社会の改良もできると信じていたのです。しかし、近時の日本の議会は非常に腐敗して、とうてい議会の力では社会を改良できないから、労働者の団体をつくり、その力によって社会の改良をはかろうと考え、無政府共産主義を主張するようになりました。

問 無政府共産主義とは、いかなることをするのか。

答 実行方法としては、人民を教育するという主義です。

問 治者と被治者の関係は、あくまでも否認するのか。

答　ただちに否認するのではありませんが、われわれの理想のように社会が改良されれば、自然に現在の社会のような治者と被治者の関係はなくなって、社会は完全におさまっていくと思います。

問　おなじ主義を奉じている者が、日本国中にたくさんいるのか。

答　新聞などには、何千とか何万とか書いてありますが、私にはよくわかりません。

問　宮下太吉も、おなじ主義者か。

答　「平民新聞」なども購読していたから、社会主義者だろうと思いますが、私と同主義かどうかはわかりません。

問　宮下に会ったことがあるか。

答　明治四十二年二月ころ、巣鴨の平民社に訪ねてきたことがあるように思いますが、よく記憶しておりません。その後はきていないと思います。

問　そのとき宮下は、主義の実行手段について、なにか話したであろう？

答　そのようなことがあったかもしれませんが、いろいろな人から、いろいろなことを聞くから、いちいち記憶しておりません。

問　宮下は、爆裂弾をつくって至尊に危害をくわえる計画があると言わなかったか。

答　覚えておりません。仮に覚えていたとしても、それらの事実について、私の口から申し上げることはできません。

問　宮下が計画について話したときに、それについて意見を述べたのではないか。
答　その点については、私は当法廷で、なにも申し上げられません。
問　宮下の計画にたいし、「いずれ将来は、その必要があるかもしれない。また、そのようなことをする人もいるでしょうな」と、言ったのではないか。
答　覚えておりません。また、仮に覚えていたとしても、そのことについて当法廷において、私の口から申し上げることはできません。

大日本帝国憲法の下で、被疑者や被告人には、黙秘したり、供述を拒否する権利はない。そもそも憲法の第五十七条に、「司法権ハ天皇ノ名ニ於テ法律ニ依リ裁判所之ヲ行フ」と定めている。天皇の名においておこなう予審法廷で、供述を拒否することなどは許されないが、なにしろ幸徳秋水は、「天皇ハ神聖ニシテ侵スヘカラス」（同第三条）とあるのに、危害をくわえようとくわだてたグループの首魁とみなされている。そのような人物が、「私の口から申し上げることはできません」という以上は、ムリに口をひらかせるのは難しい。予審判事の潮恒太郎は、しばらく幸徳の予審を休むことにした。

刑法第七十三条（皇室ニ対スル罪）の捜査本部は、東京地裁検事局の検事正室にもうけられており、「予審判事の追及が生ぬるいのではないか」と、批判する声も上がった。しかし、裁判に干渉することはできない建前だから、とりあえず事態を見守るほかない。

捜査をとりしきる司法省刑事局長（大審院検事兼務）の平沼騏一郎は、第一線の検事たちに檄を飛ばした。

「どうみても、幸徳秋水が首謀者だ。そうであればこそ、供述拒否をしているのだが、幸徳は当代一流の弁護士たちと親しくしており、ムリに口を割らせると面倒なことになる。こうなったら、外堀を埋めていこう。明治四十二年十一月十九日、巣鴨の平民社で、幸徳秋水、大石誠之助、森近運平の三人が幹部会をひらいて、今回の陰謀が成立したことに間違いない」

こうして捜査本部は、和歌山県の大石と、岡山県の森近について予審請求（起訴）し、事件の拡大をはかったのである。

管野スガの予審は、東京地裁判事（大審院兼務）の原田鉱が担当し、六月三日からおこなわれている。

【管野スガの第一回予審・六月三日】

問　幸徳秋水との関係は？

答　私は妻でした。

問　荒畑寒村の妻ではないか。

答　そうではありません。かつて荒畑と同棲していましたが、明治四十一年六月の赤旗事件の前から、協議のうえ夫婦別れをしています。しかし、赤旗事件で神田警察署に留置されているとき、荒畑は裸体にされ、蹴られたりして、非常な凌辱を受けました。私は可哀相に思って泣き、いろいろ荒畑を慰めてやり、神田署では「私たちは夫婦です」と申しました。私は裁判で無罪になり、荒畑は有罪で千葉監獄に服役したので、私は便宜上、妻として差し入れなどしましたが、すでに夫婦ではなかったのです。

問 宮下太吉や新村忠雄と、爆裂弾による革命決行をきめたことを、同棲していた幸徳に話して、意見を聞いたか。

答 幸徳には急に革命をやる考えはないから、今回の計画を、具体的に話したことはありません。

問 宮下や新村と、たびたび書信の往復をしていたか。

答 さようです。しかし、今回の事件について書いたものは、一読して火中に投じておりました。

問 その手紙を幸徳が見たか?

答 いいえ。自分宛のもの以外は、決して見ません。そのようなことは、私と幸徳のあいだで、厳格に実行しています。ハガキでも自分宛でないものは、決して見ないのです。

【管野スガの第二回予審・六月四日】

問　宮下太吉と会って、今回の相談をしたのは、明治四十二年六月か。

答　さようです。三河の亀崎鉄工所から、信州の明科製材所へ赴任するとき、千駄ヶ谷の平民社に立ち寄りました。

問　それ以前に、書信で相談したのではないか。

答　明治四十二年四月ころきた宮下の手紙に、「心知らぬ人は何とも言わば言え身をも惜しまじ名をも惜しまじ」という歌があり、覚悟のほどは感じました。

問　だれの歌なのか。

答　明智光秀でしょう。

問　六月六日ころ宮下がきたとき、平民社に泊まったか。

答　二晩くらい泊まりました。

問　宮下と相談した内容は、幸徳秋水には秘密にしたのか。

答　さようです。

問　しかし、幸徳が在宅すれば、秘密にできないのではないか。

答　いいえ。秘密にできます。幸徳は奥の八畳の書斎におり、私たちは一間隔てた四畳の茶の間で話しておりました。

【管野スガの第三回予審・六月六日】

問　明治四十二年二月十三日ころ、巣鴨の平民社に、宮下太吉がきたか。

答　日付はハッキリしませんが、そのころきたことは確かです。

問　そのとき平民社に、だれが居合わせたか。

答　幸徳秋水と新村忠雄です。

問　幸徳の先妻の千代子は？

答　覚えがありません。

問　森近運平はいなかったか。

答　そのころ森近は、巣鴨ステーションの近くに住んでいたから、平民社にきていたかもしれません。

問　宮下は「爆裂弾をつくって社会主義の運動をやる」と話したか。

答　そのような話を、そのとき宮下から聞いた覚えはありません。

問　宮下が帰ったあと、幸徳から、そのような話を聞かなかったか。

答　よく覚えていませんが、「宮下という男は、しっかりした人物だ」と、幸徳が褒めておりました。

問　そのとき、幸徳から宮下の計画を聞いて、宮下と交渉をはじめたか。

答　幸徳から聞いたかどうかは、ハッキリしないのですが、明治四十二年四月ころから、

「ともに主義のために献身的にやろう」と、宮下と書信を往復しました。

問　そのような交渉をもつようになったのは、幸徳から宮下の計画を聞いたからであろう?

答　そうだったかもしれませんが、私は昨年から脳病にかかり、よく覚えていないのです。

問　爆裂弾計画について、幸徳から聞いた記憶を、呼びおこせないか。

答　おたずねですから、記憶を呼びおこしたいのですが、なかなか浮かんでこないのです。明日まで考えたいので、ご猶予を願います。

【管野スガの第四回予審・六月七日】

問　宮下太吉の爆裂弾の計画を、幸徳秋水から聞いたかどうか、思い出すことができたか。

答　昨夜ずっと、そのことを考えてみましたが、どうも記憶がありません。

【管野スガの第五回予審・六月十日】

問　本件に幸徳秋水が関係していることは、すでに新村忠雄が詳細に事実を申し立てているのに、その方はなお、幸徳は関係がないというのか。

答　初め幸徳は、本件に関係していました。しかし、途中から変心しておりましたので、私は幸徳を除きたいと思ったのです。とはいえ、新村が事実を申し立てているのであれば、私が幸徳を庇護するのは、かえって不都合ですから、おたずねにしたがって、事実を申し立てます。

問　幸徳は以前から、暴力による革命を主張していたか。

答　さようです。明治四十一年六月二十二日の赤旗事件について、政府の迫害がはなはだしかったことに憤慨し、そのころから暴力革命を主張しておりました。

問　暴力革命とは、どういうことをするのか。

答　爆裂弾その他の武器をもって、諸官省や監獄などを破壊し、富豪の米倉などを破壊するのです。

問　皇室に危害をくわえるとか、元首を薨すということもやるのか。

答　さようです。主権者を認めないのですから、むろん天子も薨すのです。

問　宮下太吉の計画について、幸徳はどういう意見であったか。

答　主義の上からいって、幸徳が反対するわけがありません。よく思い出してみると、そのとき幸徳は、「宮下の計画が成功するかどうかはわからぬが、日本にもこのような人物が出てきたのだから、やがてロシアのようになるだろう」と、申しておりました。

問　幸徳と宮下は、それ以前から関係があったのではないか。

答　私は存じません。

問　明治四十二年十二月三十一日、宮下が上京して平民社に泊まったか。

答　さようです。

問　そのとき宮下が、爆裂弾の空鑵二個と薬品を持参したか。

答　さようです。

問　本年一月一日、千駄ヶ谷の平民社の座敷で、幸徳秋水、宮下太吉、新村忠雄、その方の四人が、爆裂弾の空鑵を投げて試験したか。

答　試験というほどのことではありませんが、めいめいで投げてみました。

問　実行の方法などについても、協議したであろう？

答　古河力作もきておらず、幸徳もあまり熱心でないように見えましたから、まとまった相談はしておりません。

問　そのころ幸徳は、革命運動に熱心でなかったのか。

答　明治四十二年九月一日に、「自由思想」の秘密発送の一件で収監されていた私が、罰金四百円の判決を受けて、身柄釈放になりました。それから幸徳らと、革命運動の計画をして、徐々に進行していたのです。しかしながら、幸徳は「人間として生をうけながら、みずから求めて死ぬのはどうだろうか。われわれの主義は、かならずしも直接行動だけではなく、書物をあらわし新聞を発行して、人民を教育するのも一つの方法である」と申しておりました。そのようなこともあり、明治四十三年一月一日の会合のとき、幸徳が革命運動に不熱心になったと感じたのです。

【管野スガの第六回予審・六月十三日】

問　幸徳秋水は、友人の小泉三申から、ただちに社会主義を捨てるように、忠告されていたのではないか。

答　以前から言われていました。

問　幸徳は小泉から、生活費の補助などを受けていたのか。

答　かつて「自由新聞」の記者仲間だった小泉には、作家として『由比正雪』『明智光秀』という著書もありますが、印刷会社を経営して、有名な相場師でもあり、少なからぬカネを渡していたようです。

問　本年三月初め、幸徳が『通俗日本戦国史』を書く計画を立てたのは、小泉から依頼されたからか。

答　さようです。政友会の代議士をつとめて、鉱山や出版社を経営する細野次郎に、小泉が相談したらしく、およそ三年間にわたり、全十巻を書かせることにしたのです。

問　戦国史のようなものを執筆するのは、社会主義者として不相応では？

答　さようです。幸徳も「このようなものを書くのはイヤだが、生活のためにやむをえない」と、申しておりました。

問　その方も戦国史の編纂を、手伝うことになっていたのか。

答　幸徳の構想は、北条氏の勃興から、信長・秀吉をへて、家康の全国統一にいたるまで毎巻千ページというものでした。私は小説も書いてきたから、それを手伝うつもりで、湯河原へ行ったのです。

問　それでは二人とも、奉じていた主義を捨てることにしたのではないか。

答　主義は捨てません。生活のためにやることになったのです。

問　本年三月二十二日、新村忠雄に手伝わせて平民社を解散し、千駄ヶ谷から湯河原へ行くとき、ふつうの細君になる約束だったか。

答　小泉三申が、幸徳と私を四谷区永住町（ながずみちょう）の自宅に呼び、「しばらく君もふつうの細君になって家事をやり、幸徳の著述を手伝ってやれ」と申すので、そのときは私も承諾したのです。しかし、湯河原の旅館に入り、二人で生活をしてみると、どうも幸徳と気が合わず、自由を束縛されるように思って、別れることにしたのです。

問　幸徳自身は、「今回の計画にはくわわらない」と、ハッキリ言ったのか。

答　私が湯河原で実行にくわわるように言ったのですが、幸徳は「そんなに焦らなくてもよい。信州の連中にしたところで、はたして今秋に実行するかどうかわからない」と、態度があいまいでした。それで私は、「自分は計画を実行するつもりなのだから、夫婦のままではあなたに迷惑をかけるので、ハッキリ別れて、そのことを世間に吹聴してもらいたい」と、湯河原で幸徳に申しました。

問　その方を離別してから、先妻の千代子を呼び戻して、一緒に暮らすという話を、幸徳はしなかったか。

答　そのようなことは、幸徳から聞いておりません。

問　しかし、その方と所帯をもってからも、千代子は幸徳と関係が続いており、幸徳の扶助で生活していたのではないか。

答　毎月の生活費として、幸徳が十二円ずつ送っていたのは、一方的に離別したことに、責任を感じたからでしょう。

問　その方が、湯河原の天野屋を出て、一人で東京へ戻ったのは、本年の五月一日か。

答　さようです。

このとき、予審判事の原田鉱は、一通の封書を管野スガに示した。幸徳秋水が、別れた妻の師岡千代子へ送った手紙で、五月二日付の湯河原郵便局の消印がある。これは警察が、千代子の大阪市の寄住先から押収した。

＊　　＊　　＊

その後、いかがお暮らしですか。ご病気らしいが、くわしいことがわからず、心配しております。その容態は、以前より悪くなり、つねに床について動けないほどなのか。これからしばらく、大阪にいるつもりなのか。いろいろ心配しても、そちらの様子も考えもわからないので、ぜひ、近況を知らせてください。

考えてみれば、ずいぶん御身に心配をかけてばかりで、苦労をさせました。今となっては、力の及ぶかぎり、御身の幸福を心がけたい。それだけに、健康状態や、大阪の居心地などを知りたいのです。もし大阪で、おもしろいこともないのなら、東京あるいは東京近在に、間借りか、小さな家を借りることもできます。そのような考えがあれば、旅費その他の都合もあるので、すぐ返事をください。

小生も、今月一杯くらい当地におり、著述を脱稿させる考えです。それが多少の収入になり、ふたたび世に出る糸口にもなれば、何か仕事をはじめたいが、当分は、単身・放浪の生活かもしれません。

管野スガと、これまで同棲していましたが、いろんな事情と都合があって、手を切ることにしました。彼女は罰金の代わりに、百日ほど入獄することになり、東京に間借りして準備中ですので、ついでながら申し添えておきます。

ともあれ、くわしい返事を、くれぐれも待っております。

明治四十三年五月二日
秋水
千代子殿

一八七一（明治四）年九月二十三日生まれの幸徳秋水は、明治二十九年秋、二十五歳で最初の結婚をした。「中央新聞」の記者をしていたときで、相手は旧久留米藩士の娘だったが、まもなく離婚した。家庭をかえりみない新聞記者ぶりに、新妻が不平を漏らしたことが原因で、一方的に離別したのである。

明治三十二年七月、「万朝報」の記者だったころ、二十七歳で再婚した。相手は国学者・師岡正胤（もろおかまさたね）の娘千代子で、リウマチを患うなど病弱だったが、夫や姑によく尽くした。しかし、四十二年三月、平民社の巣鴨時代に協議離婚して、千代子は大阪へ移り、幸徳は平民社を千駄ヶ谷へ引っ越し、管野スガと事実上の夫婦になった。

三人目の妻の管野は、湯河原の旅館「天野屋」を出た翌日に、幸徳が千代子に手紙を書いたことを、予審判事から知らされ、初めは愕然としていた。

「このような手紙を、わざわざ私に示すことで、裁判所はなにをたくらんでいるのか、明らかにしてもらいたい」

「いや、事実関係をたしかめただけで、他意はありませんよ」

判事の原田鉱は、このとき書記官に命じて、速記係を退廷させ、法廷内にいた看守を廊下で待機させた。この日の予審をこれで終了し、あとは雑談ということになる。

「それにしても、幽月さんは五月一日、罰金換刑で入獄するため、湯河原から東京へ戻った。

個人的な感想として、五月二日にこういう手紙を書くのは、ずいぶんな仕打ちだと思う」

「換刑は私がきめたことで、しかも幸徳とは夫婦別れして、天野屋を出たんだよ」

「さっき幽月さんは、『自分は計画を実行するつもりなのだから、夫婦のままではあなたに迷惑をかけるので、ハッキリ別れて、そのことを世間に吹聴してもらいたい』と告げたと供述しているね?」

「そのとおり」

「すると先妻に、このような手紙を書いたのも、世間に吹聴するためかな」

「アハハハ。そういう解釈も、できるのかもしれない」

細面で色白の管野は、ことさら笑い声を上げたが、みるみる顔面を紅潮させ、柳眉を逆立てて、唇はめくれあがっている。

「それで大阪の千代子から、返信はあったの?」

「いや、そのような書簡は、天野屋の家宅捜索では押収されていない。千代子自身も、書いた憶えはないそうだ」

原田はメモ帳を見ながら、その後の幸徳の行動を、管野に説明した。これは小田原警察署が、厳重に監視していたからだ。

五月五日午前八時ころ、湯河原町の天野屋から、東京へ向けて出発。

五月十日午後六時ころ、湯河原町の天野屋へ戻る。

「警視庁の報告によれば、五月五日から幸徳は、四谷区永住町の小泉三申方に滞在して、五月十日昼すぎ、新宿から湯河原へ向かった。このあいだに親友の小泉と、今後の身のふりかたを相談している」

「どんなことを?」

「小泉の申し立てによれば、『千代子と復縁して、穏やかに暮らしたい』と訴えた。それで小泉は、『通俗日本戦国史』の計画は資金面でゆきづまっているが、当面の生活費を援助する約束をした」

「千代子との生活費?」

「そういうこと」

「フン、いい気なもんだ。笑わせるんじゃないよ」

管野の持病の「脳病」を、平民病院の加藤時次郎院長は、ヒステリーと診断した。怒りを爆発させるのを、懸命にこらえているので、原田は挑発した。

「五月一日から、幽月さんは千駄ヶ谷九百二番地の増田謹三郎方に、ずっと滞在していたね」

「そのとおり」

「五月六日と八日の両日、そこへ幸徳が訪ねたというが、相違ないか」

「ああ、甘い言葉をかけて、いろいろ身の回りの世話をしてくれた。千代子のことなんか、オクビにも出すものか」

「そのとき幸徳が泊まっていない？」

「そんなことは、尾行の刑事に聞きなさいよ」

「いや、立ち入った質問で、幽月さんには申し訳ない」

原田としては、このあたりで切り上げるつもりだった。しかし、管野のほうは、収まりがつかないらしい。大逆事件で予審を請求（起訴）されてからは、接見禁止処分がついて、外部の情報はすべて遮断されている。予審法廷における判事との雑談が、いまのところ唯一の情報源なのである。

「それで判事さん。幸徳が湯河原で逮捕されたのは、六月一日と聞いているけど、間違いないのかな」

「午前八時ころ、天野屋旅館から人力車で発ち、熱海軽便鉄道の門川駅に着いたところを、警察官らに取り囲まれたそうだ」

「どこへ行くつもりだった？」

「天野屋といえば高級旅館で、いつまでも長逗留するわけにもいかず、東京の裏長屋にでも入るつもりで、下見に出かけるところだったという」

「なるほど……。千代子宛の手紙には、『もし大阪で、おもしろいこともないのなら、東京あるいは東京近在に、間借りか、小さな家を借りることもできます』とあった。そのための下見だったんだな」

管野は唇を噛んで、そう思いこんでいるようだから、原田はあわてざるをえない。予審法廷の雑談で、こちらから情報を提供するのは、探りを入れて本音を引き出すためであり、根も葉もないことを言ったとわかれば、公判廷で猛反発されかねない。

「幽月さん、それは違うんじゃないか。大阪の師岡千代子とは、そのあとまったく書信の往復がない」

「書信がなかったとしても、千代子が天野屋へきて、そのまま居ついた可能性だってあるじゃないか」

「そうなったとき、張り込みの小田原警察署が、見落とすわけがない」

「それもそうだ」

疑心暗鬼にかられた管野が、ようやくそのことに気づいた様子なので、ふたたび原田はメモ帳をめくった。

「小田原警察署の『幸徳秋水夫妻の往来』という報告書には、参考事項として、幸徳や幽月さん以外の者のことも、きちんと記されている」

「どんなこと？」

「五月九日午後、荒畑寒村なる者が、幸徳秋水を天野屋旅館へ訪ねきたりしも、幸徳は東京へ出向き不在のため、会見せず」

「なんで荒畑が……」

このとき管野は、よほど驚いたらしく、身をのけぞらすようにした。幸徳と先妻とのことを問題にしていたら、自分の夫だった男が、いきなり飛び出したのだ。

「じつは幽月さん、天野屋に乗りこんだ荒畑は、実弾を装塡したピストルを所持していた。護身用と言い張るので、巡査は不問に付したそうだが、一触即発だった」

「あのバカ野郎は、幸徳を撃つつもりだったのか」

「わが国に、爆発物取締罰則はあっても、いまだ銃砲刀剣類取締法がない。法の不備というほかないが、荒畑の行為は、殺人予備もしくは謀殺未遂とみることもできる」

「ああ、イヤだイヤだ。幸徳の悪運が強いのか、荒畑がドジというのか、こうなるとなにをかいわんやだ」

管野スガは、天野屋に投宿した直後に、荒畑寒村から幸徳秋水に宛てた、三月十八日付のハガキを目にしている。三月十五日付で幸徳が、千葉監獄から満期出所してまもない荒畑に、湯河原行きを手紙で知らせたからだ。

《お手紙を、本日拝見しました。ご無沙汰は、お互いのことで、ご丁寧なあいさつ、まことに痛み入ります。大兄が買収されたとか、某氏宅で警視庁の役人と会見したとかいう噂は、小生もチョイチョイ聞きました。じつに陰ながら羨ましく、ひそかに指をくわえていた次第です。現ナマが入り次第、ひとつ新橋あたりで、オゴってもらいたいものですナ。冗談は抜きにして、一家をあげて田舎へおいでの由、けっこうなことと存じます。小生も今夜から東京を去って、

天涯放浪の身となりますので、ご無沙汰をいたします》

小泉三申と細野次郎が相談し、『通俗日本戦国史』を刊行する計画を立て、幸徳秋水に三千円を前金で渡したと、まことしやかな噂が、社会主義者のあいだで流れた。これがハガキにある「買収」で、全国に流布されている。「某氏宅で警視庁の役人と会見した」というのは、幸徳が小泉宅を訪れたとき、警視総監の亀井英三郎が、ふらりと立ち寄ったからだ。亀井は、細野や小泉と昵懇（じっこん）だから、「幸徳が転向する」と聞かされ、しばらく様子を見ることにしたのである。

予審判事の原田鉱は、頭をかかえて黙り込んでしまった管野スガに、つとめて穏やかに問いかけた。

「やはり私は、余計なことを耳に入れたのだろうか」

すると管野は、きっとなって答えた。

「ご親切のほどを、深く感謝します。願わくば幸徳に、『これにて絶縁する』と、伝えていただきたい」

第五章　予審の終結

新村忠雄の予審は、潮恒太郎判事が引き続き担当して、きわめて順調に進んでいる。これまで起訴された被告人のなかで、いちばん若い新村は、頭脳が明晰であり、博覧強記といえるほど記憶力もよい。しかし、かつての同志からは、大言壮語して口が軽いところから、「ともに大事をなす相手ではない」と、警戒されていた。

一九一〇（明治四十三）年五月二十五日の逮捕直後から、長野地裁検事局は、「新村を攻めれば、首魁である幸徳秋水の関与が、浮かび上がるに違いない」と、集中して取り調べている。爆裂弾を製造した宮下太吉は、「実行のうえは、むろん死を覚悟しておりました」と、供述に一貫性がある。ところが新村忠雄は、兄の新村善兵衛が同罪で起訴されたことで動揺して、予審法廷の合間の雑談でも、その点について聞きたがった。そのため予審判事の誘導に乗りやすく、迎合して供述することにより、兄の罪が軽くなるものと、思いこんでいるようだ。

【新村忠雄の第五回予審・六月十日】

問　明治四十二年六月、信州明科の製材所に赴任した宮下太吉から、紀州新宮の大石誠之助方にいたその方によこした手紙は、「爆裂弾をつくって元首を薨す計画を、ともに実行しよう」という内容だったのか。

答　だいたい文面は、そういう意味に違いありません。

問　新宮から東京へ帰ったのは？

答　四十二年八月二十日に新宮を出発して、八月二十二日に千駄ヶ谷の幸徳秋水がいる平民社へ帰りました。

問　九月一日に管野スガが保釈で出獄してから、幸徳をふくむ三人で、どのような相談をしたのか。

答　第一に、明治四十三年秋ころ、天子の通行する途上を狙って、爆裂弾を投げつけることです。第二に、それと同時に同志二、三十人をあつめ、それぞれ爆裂弾をもって暴動をおこして、監獄を破壊して囚人を解放し、諸官省を襲って大臣を薨すことです。

問　その相談の結果を、信州へ帰って宮下に伝えたのか。

答　九月十五日に信州へ帰り、明科製材所に勤務する宮下を訪ねて、幸徳と管野らとの計画を明かし、同意をえました。このとき爆裂弾の製造について打ち合わせ、私が薬研の借り入れに尽力したのです。

問　明科の宮下から、爆裂弾の試発の結果を知らせてきたのはいつか。

答　「明治四十二年十一月三日に試験したところ大成功であった」と、大喜びした内容の手紙がきたのは、十一月六日のことでした。

問　その手紙の内容を、幸徳にも伝えたのか。

答　管野は脳病で入院していたので、幸徳にきちんと話しました。

問　明治四十三年三月二十二日に平民社を解散して、幸徳と管野が湯河原へ行くまでのあいだ、三人で革命運動のことを話し合ったか。

答　私と管野のあいだで、いろいろ話し合いました。しかし、幸徳の態度がハッキリしないから、「私が勧めて決心させる」と、管野が申したのです。

明治四十三年六月十四日、第六回予審を開廷する前に、新村忠雄は、潮恒太郎判事から、「きのう管野スガが、幸徳秋水に絶縁を宣言したそうだ」と聞かされた。

「それはまた、どういう次第ですか」

さっそく新村は、喜色を満面にあらわして、雑談に応じた。新村は、管野が罰金換刑で入獄前夜に、千駄ヶ谷で性的な関係をもった。それは新村にとって、初めての異性交渉であり、管野にしてみれば、最後に交わった男ということになる。

「新村君には、容易に想像がつくのではないか」

「なにかぼくに、関係があるのかな」

「いや、幸徳秋水の女関係のだらしなさというべきだろう。管野スガが、幸徳と離別して湯河原から東京へ戻った翌日に、先妻の千代子に復縁を申し入れる手紙を書いている。その手紙の現物を見せられて、彼女が激怒したわけだ」

「それは驚きだ。幽月さんが怒るのもムリはない。ぼくだって義憤をおぼえる。秋水という人間は、まったく男の風上にもおけない」

「ちょっとそれは言いすぎではないのか。いやしくも幸徳秋水は、新村君にとって思想上の師だろう」

「その関係は否定しませんが、仮にも幽月さんは、秋水と共同で編集発行した「自由思想」で罰金を科せられ、それが納められずに、換刑で入獄したんですよ。ぼくでさえも、胸の張り裂けるような思いで見送って、幽月さんのために涙を流したほどなのに、秋水は平然として、先妻とヨリを戻そうとした。ぼくは男として、いや、人間として許せません」

「しょせん口舌（こうぜつ）の徒で、人間としての実がないのかな」

「それはそうでしょう。爆裂弾計画にしたところで、自分が言いだしておきながら、いざ実行ということになると、さっさと同志から逃げ出して、離別した女房に復縁をせまっている。こんな恥ずかしい話はない」

「まあ、決して愉快な話題ではない。お茶でも飲んで、開廷することにしよう」

潮恒太郎は、新村の好きな羊羹を出すように、書記官に命じた。

【新村忠雄の第六回予審・六月十四日】

問 今回の爆裂弾計画について、その方から、幸徳秋水を勧誘したのか。

答 じつは「暴力の革命」を、以前から幸徳が主張していました。無政府共産主義を奉じる者は、幸徳の鼓吹によって信じ、それを実行しようとしたのです。今回の計画も、幸徳と管野スガの二人が相談して打ち明けたから、私と宮下太吉も賛成しました。

問 爆裂弾をもって至尊に危害をくわえる計画は、幸徳の発意か。

答 幸徳の鼓吹によって、宮下が爆裂弾をつくる計画を立てました。そのうえで、宮下が幸徳と協議し、私に話したのです。なお、申し上げておきますが、私が現在のような思想をもつようになったのは、幸徳の説を信じたからです。

問 しかし、そのあと幸徳は、計画の実行を放棄しているではないか。

答 そういうことはありません。同志による実行を希望しているのですが、自分がくわわることを躊躇(ちゅうちょ)していました。

問 すると幸徳は、実行に賛成しているのか。

答 要するに幸徳は、爆裂弾計画そのものを、私どもに勧めているのです。明治四十三年三月ころ、私は幸徳に、「今回のような計画を実行することは、主義のために利益というよりも、社会の同情を失って、かえって不利益になるのではないか」とたずねました。すると幸徳が、「成功するとは断言できないが、一般の思想界には非常な利益がある。今後十年もすれば、きっと効果があらわれる」と申しました。これによって私どもは、いよいよ決心をしたようなわけです。

問 明治四十二年三月末、紀州新宮の大石誠之助方へ行ったのは、平民社の経済が苦しかったからか。

答 それよりも、幸徳と管野の恋愛問題が、同志のあいだで反感を買い、非常な攻撃をされて、二人は苦しんでおりました。それで私は、幸徳らのために、大石のような有力者に、弁明しようと思って行ったのです。

問 大石誠之助は無政府主義者か。

答 そのとおりです。わが国の無政府共産主義者として、幸徳と大石が、もっとも有力者であります。

【新村忠雄の第七回予審・六月十六日】

問 明治四十二年八月上旬、その方が紀州新宮から、信州明科の宮下太吉へ、塩素酸カリを送ったか。

答 さようです。宮下から「爆裂弾をつくるについて、鶏冠石はあるが、塩素酸カリがない」と手紙がきたので、それを大石誠之助に見せ、取引先の薬種店で買って送りました。
問　そのとき大石に、「爆裂弾をつくって元首を斃す計画に、塩素酸カリが必要である」と話したのか。
答　そのときは申しませんが、前から爆裂弾計画のことは大石に話していたので、もちろん使用目的は、知っていたと思います。
問　爆裂弾をつくる薬品を調合する比率を、宮下に知らせたか。
答　四十二年十月二十日ころ、「読後ただちに火中へ投ぜよ」と注意書きし、「鶏冠石四、塩素酸カリ六」であることを、私が手紙で知らせました。
問　その比率を、だれから教えられたのか。
答　幸徳秋水です。
問　四十二年九月中に、「爆裂弾をつくって元首に危害をくわえる」ということを、幸徳や管野スガらと相談したことは、間違いないのか。
答　そのとおりです。しかし、そのあと幸徳の決心が、次第に鈍りました。
問　幸徳の決心が鈍りだしたのは、四十二年十一月ころか。
答　明治四十二年七月、スペインのバルセロナで、モロッコへの軍隊動員令に反対するゼネストがあり、市民が暴徒化して、「血の一週間」になりました。その煽動者とされた、無政府主義者のフランシスコ・フェレルが潜伏生活に入ったので、スペイン政府は妻子を捕らえて監禁し、凌辱をくわえております。九月に逮捕されたフェレルは、軍法会議にかけられて銃殺になりました。その新聞記事を見た幸徳は、「自分が爆裂弾計画にくわわると母が難儀する」と言い、決心が鈍りだしたのです。

一九〇九（明治四十二）年十二月二日付の「万朝報」に、幸徳秋水は「フェレル氏に就いて」と題し、投稿のかたちで一文を寄せている。

《貴紙の「無政府党に動かされる」という論評を拝読し、申し上げたい点を発見したので、一文をしたためます。フェレル教授は、無政府主義者には違いありませんが、無政府主義者はかならずしも、ことごとく殺人者、暴動者ではありません。フェレル氏は、大教育者、大思想家としてヨーロッパに重きをなし、教育上の主義において、スペイン政府およびカトリック教会の迫害を受けたのです。一九〇六年、スペイン皇帝に爆裂弾が投ぜられたとき、フェレル氏は連累者として投獄されましたが、これはローマ教会の誣告・迫害によるもので、一年間にわたって審問もなく、未決囚として拘置されたために、列国の世論の抗議があり、有罪の証拠がないことから、釈放されたのです。仮に、無政府主義者というだけの理由で、ロシアで文豪トルストイを殺すようなことがあれば、文明社会の怒りは激しいでしょう。フェレル氏の死刑は、このようなものであり、列国の抗議は当然のことです。九月中旬にフェレル氏が捕らえられたとき、ヨーロッパの自由思想をいだく学者・文士は、ただちに救援会を組織して、世論の喚起につとめています。小生は、この偉人が、死後なお「国法を無視する無政府党員として死刑に値する」と、わが日本で軽々に論断されることを、深く悲しむものです》

【新村忠雄の第八回予審・六月二十日】

問　爆裂弾をつくる薬品を調合する比率を、幸徳秋水に聞いて、宮下太吉に知らせたことは、間違いないか。

答　相違ありません。

問　奥宮健之を知っているか。

答　以前から名前はよく知っており、顔を見たこともあります。明治四十二年十月二十日ころ、管野スガの病気見舞いに平民社へきたときには、幸徳秋水から紹介され、初めて言葉をかわしました。

問　よく幸徳のところへきたか。

答　おなじ土佐人ということで懇意で、月に二回くらいきたようです。

問　社会主義者か。

答　よく存じません。

問　幸徳は奥宮から、爆薬を調合する比率を聞いたのではないか。

答　明治四十二年九月末、私が信州へ帰って宮下に会ったときに、「爆裂弾の製法について、まだよくわからぬ」と言われたので、「東京で調べてくる」と約束しました。それから平民社へ行って、幸徳と管野に、「宮下が経験者からくわしく聞きたいと言っている」と申したところ、幸徳が「奥宮健之は爆裂弾について経験があるから聞いてやる」と答えたのです。そして十月二十日ころ、奥宮が管野の見舞いにきたときに、幸徳が奥宮と二人で話し合っていました。その日、奥宮が帰ったあと、幸徳から六畳間に呼ばれて、「鶏冠石四、塩素酸カリ六」と聞かされたので、さっそく宮下に、「経験者の話だからだいじょうぶだ」と、手紙を書いてやったのです。

問 幸徳は奥宮に、今回の計画についてくわしく話したのか。

答 それはよくわかりません。

問 宮下に「奥宮健之から聞いた」と言ったことがあるか。

答 私の口からは言いません。しかし、明治四十三年二月、私が信州へ帰って宮下に会ったとき、「自由党事件に関係した奥宮という人に会った」と話したから、宮下が推察したかもしれません。

明治四十三年六月二十八日午前六時四十分から、東京府渋谷町字大和田の奥宮健之（無職・五十二歳）方の家宅捜索がおこなわれた。捜索令状には、「某事件の嫌疑をもって」と記載されているだけで、そのまま奥宮は東京地裁へ拘引された。

一八五七（安政四）年十一月十二日生まれの奥宮健之は、土佐国土佐郡布師田村で育った。父親の正由は漢学者で、藩校「教授館」の教授を兼ねた侍読（主君に学問を教える学者）に抜擢されて、江戸詰になった。子どもは男三人、女三人で、健之は三男である。

一八七二（明治五）年七月、湯島天神下の共慣義塾に入学した健之は、英学と算術を修業した。旧南部藩主・南部信民のひらいた塾で、「イギリスの文明に学び、日本国の独立を守る」をモットーにしており、明治九年三月に卒業すると、そのまま共慣義塾の教員になった。

明治十四年四月、二十三歳の健之は、岩崎弥太郎の三菱会社に入った。しかし、その年十月に自由党が結成されると、三菱をやめて入党して、地方遊説で「参政の権利」や「国会議員選挙法論」を唱えた。

《わが国に富人は少なく、貧民は多い。国会議員の選挙権を、一定額の国税を納めた者にのみ与えて法律をつくり、貧民も法にしたがう義務があるというのでは、少数の者の幸福をはかることになる。教育がなく財産もない者に、選挙権を与えるのは危険とする論は、いちおう理屈があるように聞こえるが、三人寄れば文殊の知恵という。百人があつまれば、百人の智がおこなわれ、千人があつまれば、千人の智がおこなわれる。少数の富人による政治よりも、多数の者にはかる政治が、多数の幸福になる》

明治十五年十月、奥宮健之が中心になった自由党員が、神田の明神山に人力車夫をあつめ、「鉄道馬車の廃止」を訴えた。奥宮いわく、「鉄道馬車をつくるのは勝手であるが、天下の公道に線路をつけて、一定の場所を占領するのは不都合である。われわれは同盟して、会社に線路を廃止させねばならない」。

この集会が評判になり、新聞記者たちが「車会党」と名づけたので、奥宮は車会党規則をつくって、総則第一条に、「本会は車夫営業のため相互に親和、親睦を旨とし、車会党と称す」と定めた。集会を重ねるたびに大勢があつまり、十一月二十八日、奥宮が仲間と浅草で酒を飲み、大声で詩吟をやりながら町を歩いていると、巡査が制止しようとした。それを無視して続けるうちに、巡査や憲兵と乱闘になり、全員が浅草警察署に拘引されてしまった。十二月二十七日、東京軽罪裁判所の判決公判で、奥宮は官吏抗拒（公務執行妨害）で、重禁錮四カ月二十日間・罰金七円に処せられ、石川島監獄に収監された。このため「車会党」は、指導者を失って解体する。

明治十六年五月、出獄した奥宮は、「通俗演説会」をはじめた。「政談演説会」は、集会条例によって許可が必要だから、講談師に張り扇の使いかたを習い、講談調でやることにしたのだ。アジ演説を得意とするから、奥宮の通俗演説会は、たいへんな人気だった。八月四日から、日本橋の「自由亭」で清仏戦争を講じたところ、二日目に「政談演説をした」と拘引され、集会条例違反で軽禁錮一カ月半に処せられた。

出獄した奥宮は、さっそく警視庁に、遊芸稼人鑑札の下付を申請した。正式に講談師の鑑札を求められると、拒否するわけにはいかない。こうして奥宮は、「先醒堂覚明」を名乗った。

これは「専制」と「革命」のモジリである。先醒堂覚明の講談は評判になったが、なにを演じても政談におよぶから、十月二日に営業を禁じられ、東京から離れざるをえなかった。

明治十七年八月、自由党名古屋事件が発生する。「革命運動には軍資金が必要で、非常手段をとらねばならない」と、富豪や銀行などから金品を強奪するとき、警察官三人を殺害したのである。このころ奥宮は、愛知県の自由党がもうけた公道協会で、青年たちに英語を教えていたが、行動隊にくわわって抜刀し、巡査を切り倒した。まず軍用金を調達して、名古屋鎮台の兵士たちに呼びかけて鎮台を乗っ取り、監獄の囚人を解放する。そうして各地で蜂起し、専制政府を転覆する計画だったが、警官殺しで頓挫してしまった。

同年九月、自由党加波山（かばさん）事件が発生した。爆裂弾で武装したグループが、筑波山の北方にある奇岩怪石で知られる高峰の加波山の山頂神社を本陣として立てこもり、「専制政府転覆」「自由の魁」「一死報国」の旗をかかげて、警察署を襲って官金やサーベルを奪ったりしたが、まもなく警察隊によって鎮圧された。

十月、大阪でひらかれた自由党の全国大会は、名古屋事件や加波山事件の暴走が原因で、解党決議案が満場一致で可決されることになった。

明治十八年一月一日、奥宮健之は、東京の次兄宅で逮捕された。名古屋へ護送されて、明治二十年二月、名古屋重罪裁判所で無期徒刑の判決を受け、北海道の樺戸（かばと）集治監で服役した。

明治三十年七月、三十九歳の奥宮は、特赦で出獄して東京へ戻り、「東京新聞」に「奥宮健之懺悔録」を連載している。三十三年一月、パリでひらかれる万国博覧会に、東京・新橋の芸妓一行が向かい、奥宮は通訳兼マネージャーとして同行した。芸妓たちは、博覧会のあとヨーロッパを巡業し、明治三十四年十二月に帰国しており、奥宮は最後まで一緒だった。

明治四十年一月十五日、日刊「平民新聞」が創刊されると、奥宮は特別寄稿家として、論文を発表するようになった。一月四日付の第十五号から、「治国平天下はパン問題の解決にあり」と題して、奥宮の論文が三回にわたって掲載された。

《われわれが、国家を設けたり、社会を組んだり、政府を建てたり、高い租税を払うのは、なんのためでありましょう。つまり多数民が、自由、平等、安寧を享受して、愉快で幸福に浮世を渡りたいからです。これがアベコベに、国家、社会、政府があるがため、かえって不自由、不幸を増加して束縛し、苦境に沈めるようなら、これくらいバカバカしいことはありません。われわれが祖国を愛するのは、国家が自由と幸福を擁護してくれればこそであります。擁護も愛護もしない国家に尽くすことは、泥棒に追い銭であって、これくらい情けないことがありましょうか。人には生活すべき権利があり、餓死の義務はありません。そうであれば、飢餓に瀕して隣家のパンを盗って食べても、かならずしも犯罪者とはいえない。正当防衛上、やむをえざる手段なのです。今日の社会ほど、奇妙でふしぎなものはありますまい。飢餓ということは、食料の不足からおきるのではなく、一方にはありあまって、一方に餓死がある。この富豪による専制の弊害が、根本的に改革されない以上は、健全で円満な社会にはならないでありましょう》

奥宮健之の予審は、原田鉱判事が担当することになった。これまで被告人は、四十二歳の大石誠之助が最年長だったが、奥宮は大石より十歳上である。予審を開廷する前に、原田のほうから切り出した。

「予審法廷の審問は、一問一答になっておりますが、まずは先生から、陳弁をなさってはいかがでしょう」

原田としては、自由民権運動の老壮士にたいして、「その方は」と問いただす前に、弁明させてやりたかった。奥宮の長兄・正治は、明治三十九年二月まで、東京地裁の検事正だった。現在は、宮城控訴院の検事長をしており、従四位勲三等の親任官である。その末弟が、自由党名古屋事件で、国事犯として長期にわたり服役し、今回はこともあろうに、大逆罪の被告人になったのだ。

「ご配慮のほど、痛み入ります」

容貌魁偉の奥宮は、小男の幸徳秋水とは対照的である。渋谷の自宅から拘引されるとき、病床で見送った妻サカは、肝臓ガンの末期症状だという。サカは新橋の烏森で芸妓をしているとき、奥宮らとヨーロッパ旅行をしており、明治四十一年五月一日、三十五歳で戸籍上の妻になった。奥宮が気になるのはサカのことだけで、ほかはなにも思い残すことはないと、淡々とふるまっている。

「私が幸徳秋水に、爆薬を調合する比率を教えたのは、まぎれもない事実です。しかし、『幸徳一派』とひとくくりにされるのは、心外というほかありません」

その昔の講談師は、幸徳との会話を中心に、およその経緯を語った。

【奥宮健之の陳弁】

明治四十二年九月下旬、千駄ヶ谷の平民社へ行くと、幸徳秋水から写真を見せられた。管野スガとの結婚記念に撮影して、土佐中村の母親に郵送したとのことだった。そんな円満な話題のあと、意外なことを切り出された。

幸徳「いまの日本で、天皇に危害をくわえる者があらわれたら、その結果は、どうであろうか」

奥宮「ロシアのように、皇室が直接に政治をおこなう国では、帝政を倒すことができるかもしれない。しかし、日本のように議会のある国で、そのようなことをする組織は、たちまち人心を失い、失敗するにきまっているだろう」

幸徳「果たしてそうかな。いまのように思想弾圧がきびしければ、同志が沸騰するばかりで、革命をおこさなければならない」

奥宮「日本は整頓された国だから、わずかな同志が革命をおこそうとしても、失敗することは目に見えている。そんなバカなことはしないでくれ」

幸徳「二重橋を襲い、番兵を追い払って皇居に入り、天皇に『今日までの政府は誤っていたから、以後は無政府共産として、自分は一平民となり、民衆とともに、楽を一緒にする』という詔勅を出させるのはどうだろう」

奥宮「なんだ、笑い話なのか」

そう応えただけで、幸徳秋水が口にする「革命」については、まったくの夢想にすぎないと思っていた。

十月上旬ころ、千駄ヶ谷の平民社へ行くと、奥の八畳間へ通した幸徳から、真顔で持ちかけられた。

幸徳「われわれは爆裂弾の研究をしているが、まだ製造法が明確でない。君は自由民権運動のころ、爆裂弾を使用した経験があるはずだ。その製造法を教えてくれ」

奥宮「自分が関与した名古屋事件では、爆裂弾などは製造しておらず、その製造法などは知るはずもない」

幸徳「だれか君の知人のなかに、知っている者がいるだろう」

奥宮「加波山事件の関係者なら、爆裂弾の製造法を知っている」

幸徳「その関係者から、君が聞いてみてくれないか」

奥宮「加波山事件の河野広躰(ひろみ)は、君も知人なのだから、自分で聞けばよい」

幸徳「見てのとおり、平民社のわれわれが外出すると、かならず刑事が尾行するから、できない相談なのだ」

奥宮「それなら自分が、ついでのときにでも、河野に聞いておこう」

そう約束してから、河野の居所を探したが、なかなか見つからない。しかし、高知県人として親しい友人の西内正基は、自由党時代に爆裂弾の製造を担当して、調合中の薬品が破裂したため、右目が失明している。その西内を、芝田村町の居宅に訪ねて、ようやく調合の比率を聞きだすことができた。

十月二十日ころ、十日ほど前に路上で倒れた管野スガを、平民社に見舞ったとき、幸徳に知らせた。

奥宮「鶏冠石四、塩素酸カリ六の比率だそうだ」

幸徳「その比率なら、以前にも聞いたことがある。ほんとうに爆裂弾ができるのだろうか」

奥宮「自分も西内に聞いただけだから、そこまで保証はできない。爆裂弾ができるかどうか、試験してみればよいのではないか」

幸徳「近いうちに試験してみよう」

そんな話をして別れ、その後しばらくして平民社へ行くと、管野スガは入院しており、幸徳一人がいた。

幸徳「先だって聞いたとおりに調合した薬品を、ブリキ鑵に詰めて、山中で試験したところ、良好な結果であった」

それきり幸徳秋水とのあいだで、爆裂弾について話したことがない。

新村忠雄の予審は、奥宮健之の逮捕後も、潮恒太郎判事によっておこなわれ、紀州グループと東京グループとのかかわりが、焦点になってきた。

【新村忠雄の第九回予審・六月二十九日】

問　紀州新宮の薬種店の畑林新十郎は、「明治四十二年八月六日に塩素酸カリ一ポンドをドクトル大石に売り渡した」と申しているが？

答　そうだったかもしれません。

問　その方が店に行ったのか。

答　さようです。内証で信州明科の宮下太吉へ送るのだから、大石の家人に知られないように買いました。ただし、大石本人は知っております。

問　右の薬品を、八月七日に小包郵便で送れば、八月十日には明科に着くか。

答　船便などの都合がよければ、そのころ着くと思います。

【新村忠雄の第十回予審・六月三十日】

問　宮下太吉の手帳によると、明治四十二年八月十日、その方からの郵便が、二通届いたようだが？

答 塩素酸カリを発送したという手紙と、その小包が届いたのだと思います。

問 明治四十二年六、七月ころ、新宮から信州屋代の新村善兵衛に送った手紙に、「いずれ家宅捜索がくるかもしれぬ」「目下は秘密の任務で、多忙をきわめている」と書いているのは、兄に秘密を打ち明けているようだが？

答 一見すると疑わしいような手紙ですが、私は今回の爆裂弾計画のことを、決して兄に打ち明けておりません。「家宅捜索」とは、東京の平民社が「自由思想」の秘密発送で調べられており、あるいは大石方も捜索を受けるかもしれないと思ったからです。また「秘密の任務」とは、私が大石方で薬局生ではなく、社会主義の本の翻訳をやっているように、兄に知らせていたからです。このように私の手紙類を保存していたのは、兄が社会主義者ではないからだと、ご推察いただけると思います。政府の取り締りがきびしいため、社会主義者は往復した書信を、破るか焼くかして、残さないようにしております。

【新村忠雄の第十一回予審・七月五日】

問 紀州の雑貨業・成石平四郎と、いつごろ知り合ったか。

答 明治四十二年三月初め、上京した成石平四郎が、森近運平と一緒に平民社にきたから、そのときが初めてです。

問 その後の関係はどうか。

答　明治四十二年四月一日、私が大石誠之助方の薬局生になり、四月九日から熊野川をさかのぼって、成石がいるところへ訪ね、川湯温泉に十日ほど滞在しています。そのあと、六月十九日から七月二十三日まで、大石方でおなじ部屋ですごしました。

問　成石平四郎の思想は？

答　私とおなじ無政府主義者で、暴力革命を唱えておりました。「爆裂弾をつくって、決死隊五、六十人をあつめ、現政府を転覆しなければならぬ。東京市内の各所に、爆裂弾を埋めておいて、同時に爆発させたらよい。ダイナマイトなら、いつでも用意できる。場合によっては、われわれ二人だけでも決行しよう」と申していましたが、成石は七月末に病気になり、郷里へ帰ってしまったので、その後は会っておりません。

明治四十三年六月二十七日、和歌山県東牟婁郡請川村の成石平四郎（雑貨業・二十七歳）は、爆発物取締罰則違反で起訴されている。

六月三日、紀州グループの捜査がはじまって、大石誠之助方と同時に、成石方も家宅捜索を受け、タンスの引き出しから、ダイナマイト四本と導火線が発見された。しかし、川魚を捕るためにダイナマイトを使うのは、この地方ではふつうのことだから、処分保留ということで、身柄は拘束されなかった。それが突如として、予審請求されたのである。

ダイナマイト所持事件について、証人として事情を聴かれた成石の友人（小学校教師）は、次のように供述した。

「かねてより平四郎は、『自己の理想を貫徹するために、政府を転覆させる。その手段として、爆発物を使用するが、ダイナマイトは炭鉱の坑夫から入手できる。また、ドクトル大石の食客と話をつけて、爆裂弾を製造する計画がある』と話している」

この「ドクトル大石の食客」が、新村忠雄にほかならない。捜査陣は、「大逆罪の端緒を発見した」と色めき立ち、東京からきた武富済検事の追及を受けた成石平四郎は、七月四日に自供した。

「明治四十二年六月ころ、天子を斃す決意をしました。当時の私は、社会主義者として、過激な思想をいだいており、放蕩がすぎて事業に失敗し、借金で首が回らなくなり、家庭も妻と不仲でおもしろくなく、ヤケになっていたのです。そのようなとき、大石誠之助や新村忠雄から、つねに極端な説を聞かされ、悪しき影響を受けてしまいました」

成石平四郎は、熊野川上流の請川村立高等小学校を卒業して、補修科に一年半ほど通ったあと、新宮町へ出て鍛冶屋の弟子になり、さらに材木屋で働いた。十八歳のとき郷里へ帰って、山仕事などをしたが、明治三十五年七月、「このまま田舎で朽ち果てるのでは残念」と東京へ出て、中央大学の法律学専門学科に入学した。このころ「万朝報」の紙上で、幸徳秋水や堺利彦の文章を読むようになる。三十七年七月、帰省中の成石は、新宮町で大石誠之助に会い、社会主義の新聞雑誌や書籍をもらった。

明治四十年七月、中央大の専門学科を卒業すると、そのまま帰郷した。三年で卒業できるのに五年かかったのは、学資が途切れると帰省して、山仕事で稼いだからで、すでに郷里で結婚していた。九月二十二日、「大阪平民新聞」の森近運平が、新宮町の大石誠之助を訪ねて、翌二十三日に「末広座」で、三百人をあつめて演説会をひらいた。

大石禄亭「熊野怪物論」

成石蛙聖「新刑法に対する所感」

森近運平「真の文明」

成石平四郎のペンネーム「蛙聖」は、郷里の名物であるカジカにちなむもので、紀州田辺町で発行する「牟婁新報」に、この名前で東京から投稿している。演説会によって成石は、新宮では名を知られたが、熊野川の船乗りになって組合をつくり、観光船の料金を上げることに成功したりした。

明治四十一年三月、「牟婁新報」が新宮支局を、浄土真宗の浄泉寺内に開設した。ドクトル大石の寄稿により、読者がふえたこともあって、成石が支局員として詰めた。その仕事は、記事を書くだけでなく、購読料を集金して、広告を取り次ぐこともふくむ。こうして支局員になった成石は、よく働いて評価されたが、そのうち遊廓の女に入れ揚げて、借金がかさんできた。請川村の妻は妊娠しており、新宮町にいられなくなった成石は、五カ月足らずで支局員をやめて、郷里へ帰ってしまった。

四十一年七月二十五日、幸徳秋水が、新宮町の大石誠之助を訪ねた。六月二十二日の「神田錦輝館赤旗事件」により、「サカイヤラレタスグカエレ」の電報を受け取り、『パンの略取』の翻訳を完成させ、七月二十一日に幡多郡の下田港を出航し、大阪経由で新宮に着いたのである。七月二十六日、成石平四郎が、電報で呼び出され、熊野川を下って大石方へ行くと、幸徳秋水を中心にして、大石誠之助、高木顕明（浄泉寺の住職）、崎久保誓一（成石の後任支局員）、峯尾節堂（臨済宗の僧侶）らがあつまっていた。

同年六月十一日、森近運平が新宮町を訪れて、二週間ほど滞在している。そのとき東京で赤旗事件がおきて、大杉栄、堺利彦、山川均、荒畑寒村、管野スガら十四人が逮捕された。電報で知らせを受けた森近は、「帝都で『無政府共産』の赤旗を立てて練り歩けば、警察が干渉するのは当然じゃないか。はね上がりどものために、堺さんまで巻きぞえになった。この損失は、ずいぶん大きい」と、大石に漏らしている。

そのあと、赤旗事件の逮捕者を収監した神田警察署の板壁に、「一刀両断天王首／落日光寒巴黎城」の落書きがあり、大騒ぎになった。これはフランス革命で、ルイ十六世がギロチンで首を切り落とされたときの詩だから、不敬罪として捜査がおこなわれ、「社会主義者の取り締りが甘い」と、内閣の責任問題になった。七月四日、第一次西園寺公望内閣は総辞職をして、不敬事件で起訴された赤旗事件の被告人・佐藤悟は、七月十日に東京地裁で、重禁錮三年九カ月・罰金百五十円を宣告され、七月十四日に第二次桂太郎内閣が成立した。

そのような時期に、幸徳秋水が、新宮町に立ち寄ったのである。七月二十六日の浄泉寺における会合で、幸徳は発言している。

《神田の錦輝館に、同志があつまったのは、日刊「平民新聞」に「父母を蹴れ」と題して、「闘争する社会主義者は、封建的な家族制度から、完全に独立すべきである」と訴えた山口孤剣君が、筆禍で一年二カ月の刑期を終えて出獄したことを、歓迎するためであった。伊藤痴遊君の講談を皮切りに、薩摩琵琶や剣舞などの余興があって、茶目っ気たっぷりの大杉栄、荒畑寒村、佐藤悟らの諸君が、「無政府共産」の赤旗をかざして、ちょっと錦輝館の外へ出ただけにすぎない。それを待ちかまえていた警官隊が、いきなり制止したから、乱闘になったのである。十四人の逮捕者は、言語に絶するリンチを受け、それに憤慨した一人が、箸の先か爪で落書きしたというだけなのに、元老の山県有朋が、革命前夜のように天皇に告げ口して、西園寺内閣は「暗殺」されてしまった。桂反動内閣の登場によって、われわれにたいする迫害は、さらに激しくなるだろうが、見方を変えれば、専制政治をおこなう側の動揺は大きい。そうであればこそ、われわれは反抗を強めて、赤旗事件の弾圧に報復しなければならない》

八月八日、幸徳秋水は新宮町をはなれて、東京へ向かった。八月十五日には、赤旗事件の初公判がひらかれて、八月二十九日の東京地裁判決は、大杉栄の重禁錮二年六カ月・罰金二十五円を最高に、いずれも思わぬ重刑だった。

十一月十九日、東京・巣鴨の平民社を訪ねた大石誠之助は、幸徳秋水や森近運平に会った。

十一月二十二日には、「大石誠之助君を歓迎する集い」がひらかれ、管野スガや新村忠雄も参加している。

十一月二十六日、東京をはなれた大石は、京都と大阪に立ち寄って、十二月七日、新宮の自宅へ帰った。

明治四十二年一月二十八日、旧正月の祝いが大石方でひらかれ、成石平四郎、高木顕明、峯尾節堂、崎久保誓一があつまり、「東京のみやげ話」を聞いたことが、「大逆の陰謀成立」となるのである。

明治四十三年七月七日から十四日にかけて、紀州の五人にたいし、予審請求（起訴）がなされた。

高木　顕明（僧侶・四十六歳）
峯尾　節堂（僧侶・二十五歳）
崎久保誓一（農業・二十四歳）
成石勘三郎（薬種売業・三十歳）
成石平四郎（雑貨業・二十七歳）

七月二十日、和歌山県知事の川上親晴は、「社会主義者による陰謀事件検挙の顛末報告書」を、内務大臣の平田東助に提出した。

これを総合するとき、成石平四郎、高木顕明、峯尾節堂、崎久保誓一らは、明治四十一年十一月末に大石誠之助が上京し、幸徳秋水らに面会して、紀州新宮に帰ったあと、四十二年一月末、大石の通知によって会合した。

大石は、暴力革命の実行につき、幸徳の意見であるとして、「決死の士を三、四十人つくり、通行中の陛下の馬車に爆弾を投じて薨すとともに、各官省を焼き払い、大臣をも暗殺する」と述べた。

成石平四郎、高木、峯尾、崎久保らは、これに賛成して、その時期と方法は、首領たる幸徳、大石らの指揮にしたがい、東京における同志と協力し、実行する手はずを話し合った。このあと成石は、爆裂弾製造のことを、実兄の勘三郎に明かして、研究・試験を依頼した。勘三郎は、大石方から、塩素酸カリ、鶏冠石を持ち帰り、研究・試験をしたが、不成功に終わった。

今回の捜査によって、社会主義者の内情をつまびらかにし、将来の取り締りに資するところが、少なくなかった。

*　*　*

大石誠之助が、主義の拡張に意を用い、各方面に運動していたことは、想像以上のものがある。自己が医を業(なりわい)として、つねに貧民に施療しており、中流以下の者にたいしては、薬価の請求をしたことがない。貧民が往診を頼んだときは、いかに深夜といえども、すぐこれに応じて、貧民たちの信用を得ることにつとめていた。その実情は、大石が拘引されたあと、新宮町付近の貧民たちが、「ドクトル大石に罪はない」と、敬慕しているところから察することができる。

大石は、僧侶の高木顕明、峯尾節堂ら宗教家を引き入れて、社会主義の普及にあたらせた。すなわち、浄泉寺住職の高木は、檀徒である被差別部落の貧民たちに、もっぱら伝道している。しかし、その成果が思わしくなかったので、高木はアンマを業として、社会主義を伝道しようとしたことがあり、その熱心さは驚くべきものである。さらに驚くべきは、主義を拡張するために、文字を解するものでなければ効果が少ないことから、小学校の教員の勧誘に力を入れている。新聞を配布して、書籍を貸与するなど、あらゆる手段により、社会主義を研究させ、仲間に引き入れようとしていた。

これら社会主義者にたいし、従来の取り締りは、あまりにも皮相的で、直接あらわれた行動にのみ、着目していたといえる。その内容について、注意を払わなかったわけではないが、真相の解明につとめることに、熱心でなかった感がある。

明治四十三年七月二十六日、警視庁の芝警察署は、坂本清馬（活版工・二十五歳）を、浮浪罪で逮捕した。一定の職業がなく、住所不定で放浪していた者は、二十日間の拘留に処することができる。

一八八五（明治十八）年七月四日生まれの坂本清馬は、高知市で育っている。父親の幸三郎は染色の職人で、幸徳秋水と同郷（幡多郡中村町）である。子どもは男二人、女二人で、清馬は末っ子だった。

高知市の高等小学校から、県立中学「海南学校」へ進んだ清馬は、二年のとき「学問が嫌いになったから学校をやめます」と退学届を出し、剣術の道場へ通ったり、講談本を読みふけったりした。このころ「自分は坂本竜馬の妾の子である」と、ニセの系譜をつくり、兄の馬吉に叱られている。父親が馬好きだから、息子二人に馬の字を用いた。

明治三十九年八月、高知市の印刷所で文選工をしていた清馬は、徴兵検査で第二国民兵に編入され、入隊の必要がなかったこともあり、東京へ出た。高知から船で神戸へ向かい、列車で新橋駅に着いて、中学時代の友人の下宿に転がりこんだ。

そうして見つけた仕事が、小石川砲兵工廠の警夫だった。砲兵工廠は、砲具製作所と火具製作所に分かれている。砲具製作所では、小銃などをつくっていた。警夫は隔日の二十四時間勤務で、昼間は工員を監視し、夜間は盗難と火災を防ぐパトロールをした。朝に勤務が明けて、翌朝に出勤するまで、もっぱら本を読んだ。高知で文選工をしていたころから、社会主義の本に接していたので、東京へ出てからも、幸徳秋水の著書『二十世紀之怪物帝国主義』『兆民先生』『社会主義神髄』などを読んだ。

明治四十年二月四日、足尾銅山で坑夫と職員が衝突し、大暴動へ拡大した。二月七日、高崎連隊が足尾へ出動して、およそ六百人を検挙した。この直後に坂本清馬は、日刊「平民新聞」を発行する平民社（京橋区新富町）の幸徳秋水に、「革命の時期は近づいたように思う。みんなで団結して大いにやりましょう」と手紙を書いた。すると返事がきて、自宅は大久保百人町とあったから、五月初めの非番の日に遊びに行って、幸徳から聞かされた。

「われわれは、社会革命運動をやっていく。そのために、マルクスも資本論も、研究しなければならん。しかし、社会主義社会を実現するには、いわゆる社会主義理論だけではダメだ。すなわち、人間学である。心理学もひととおり勉強して、進化論、病理学、教育学、社会学なども、だいたいこんなものだということぐらいは、知っておかねばならない。そうでなければ、本当に正しい理想の社会を、人に説くことはできないことを、忘れてはいけない」

このころ幸徳は、二月に内務大臣・原敬の命令で日本社会党の結社を禁止され、四月には日刊「平民新聞」の廃刊に追い込まれて、孤立化しつつあった。それでも坂本は、「この人は公式的な社会主義者ではない」と、尊敬の念を深めた。

明治四十年九月初め、坂本は小石川砲兵工廠の上司から、「お前は警夫が適任ではないのでやめてもらう」と言い渡された。社会主義の本を読み、幸徳秋水方へ出入りしているのも理由で、職を失ったのである。このことを幸徳に知らせると、「家にきなさい」と返信があり、二十二歳の坂本は、住み込みの書生になった。

大久保百人町の幸徳方は、六畳、四畳半、三畳、二畳の借家で、幸徳と妻の千代子と女中と坂本の四人が暮らした。玄関の二畳に机をすえた坂本は、書生として家の内外の掃除、風呂の水汲み、使い走り、硯(すずり)の水洗いなどをする。そして閑なときに読書をして、来客があれば一緒に話を聞いた。十月二十七日、幸徳は妻の千代子と一緒に、郷里の土佐中村へ帰った。夫は慢性腸カタル、妻はリウマチの治療をするためだが、イギリスに亡命中のクロポトキンから『パンの略取』の翻訳を許可する返信があって、その訳業に取り組むためでもあった。このとき坂本は、幸徳から「なるべく早く仕事を見つけるように」と三十円もらい、出版社の校正係になる。

明治四十一年一月十七日、「金曜会屋上演説事件」がおきた。いわゆる硬派の直接行動派が主催するもので、本郷弓町の「平民書房」の二階に六十人があつまったら、開会してまもなく、臨席の警部から「弁士中止」の解散命令があり、参加者はいったん外へ出た。しかし、堺利彦、大杉栄、山川均らが屋内へ戻り、坂本清馬らが階段をかためて、二階の窓から顔を出した堺が、追い出された聴衆に向かって演説をはじめた。本郷弓町には、小石川砲兵工廠の裏門があり、仕事を終えた労働者たちが足を止めて、三百人近い群衆になった。さらに大杉、山川も演説を続けたのが、「金曜会屋上演説事件」である。これが治安警察法違反に問われ、坂本清馬も起訴された。二月十日、東京地裁は、堺利彦ら演説した三人に軽禁錮一カ月十五日、坂本ら階段をかためた三人に軽禁錮一カ月を宣告した。

三月十日、出獄した坂本清馬は、熊本市で発行する「熊本評論」に、「革命即愉快」と題して、事件のいきさつなどを書いた（四月二十日号）。「熊本評論」は、月に二回発行する新聞で、明治四十年六月二十日、松尾卯一太（ういった）、新美卯一郎らが創刊している。

五月、坂本清馬は、堺利彦から「熊本へ行って手伝わないか」と言われた。大阪の「日本平民新聞」は、五月五日付の第二十三号で、ついに廃刊に追い込まれた。社会主義の「硬派」の新聞は、この「熊本評論」だけになったからで、熊本へ行った坂本は、五月二十日号に「入社の辞」を書いた。

《余は、無政府共産的革命主義者の一人にして、社会的総同盟罷工論者である。無政府共産というのは、国家なき社会、政府なき社会、一切の権威を否認する社会で、万人の幸福と利益をはかり、人類を進化向上させる。この社会においては、それぞれの自由意思によって、自由な団体を組織し、相互扶助にもとづき、万人に必要なものを生産することができる。現代の一大怪物である私有財産は、そこでは横行することがなく、すべての住宅、田畑、工場その他の経済的要素は、万人が共有する。人類の精神的向上をはかるには、まず経済上の自由を与えるべきである。そのためには、現代の資本家制度（すなわち私有財産制度）を、顛覆させなければならない。それが革命であり、革命をおこそうとすれば、社会的総同盟罷工によらざるをえないのである。これが余の思想のあらましであり、入社の辞に代える。願わくば余を、ますます無政府共産的革命に向かって、邁進させてほしい》

明治四十一年六月二十二日、「錦輝館赤旗事件」がおきると、坂本清馬は、七月五日号に「管野幽月女史を想う」を書いた。これには荒畑寒村が、神田警察署から手紙をよこして、「ともにとらわれた管野スガは肺病であり、断腸の思いがする」とある。坂本は、「これを聞いて泣かない者がいるだろうか。女史のために、夫君のために。女史が一日も早く自由の身になり、ふたたび革命のために奮闘されることを願う」と書き、東京へ向かった。

八月十四日、幸徳秋水が、紀州新宮をへて東京に着いた。このとき坂本が、出版社の校正係をしている岡野辰之助に頼んで、豊多摩郡淀橋町柏木の自宅を、幸徳に提供してもらい、平民社ということにした。八月二十九日の赤旗事件判決で、堺利彦、大杉栄、荒畑寒村らが入獄し、管野スガは無罪になる。

九月二十一日、幸徳秋水が、北豊島郡巣鴨村へ移り、そこが平民社になった。このとき、岡野辰之助の妹テルが、女中代わりに同居して、大阪から単身できた森近運平と、坂本清馬の四人が、巣鴨で暮らしはじめた。

ふたたび書生になった坂本は、クロポトキン著、幸徳秋水訳『パンの略取』を秘密出版するために、深夜に張り込みの刑事の隙をみて外出するなど、一人で奔走した。一千部を平民社から発行し、発行人は坂本である。秘密裡に予約を募集し、出版した本を送付して、警察に発覚するようなことがあれば、坂本が一人で責任をとることにしていた。森近運平は、十一月二十六日に平民社を出て、妻子と小石川区水道端に部屋を借りて、古本屋を開業する準備をしていた。十二月二十日、『パンの略取』が刊行され、坂本が中心になって予約申込者への発送を続けるうちに年が明ける。

明治四十二年一月十八日、幸徳の妻千代子が、いきなり土佐中村から出てきた。これは岡野辰之助から、「先生が妹に手を付けた」と知らされたからで、巣鴨の平民社にあらわれた千代子が、テルを追い出すかたちになった。

一月三十日、幸徳秋水訳『パンの略取』の出版を、内務省に届け出ると、ただちに発売禁止処分になり、わざと残しておいた二十冊ほどの訳本が、平民社から押収された。一月三十一日、坂本清馬が、平民社に出入りしていた管野スガの寄住先を訪ね、深夜になって戻ると、幸徳秋水が待ちかまえており、いきなり詰問した。

「このごろ君は、非常に煩悶しているようだが、管野さんに恋しているのではないのか。君も知っているように、彼女は荒畑寒村君の細君である。しかも荒畑君は、赤旗事件で監獄に入っている。こんな時期に、もし彼女と間違いがあったら、私が同志たちに申し訳ない。よく注意したまえ」

坂本としては、「熊本評論」に、「管野幽月女史を想う」を書いて、救援活動のために東京へ出たのだから、心外きわまりない。

「私は先生の後輩です。おなじ郷里の出だから、先生のところで書生になりました。ほんの駆け出しですから、一生懸命にやってきたつもりで、その私の心を、先生だけはわかってくれていると思っていたのに、今のような言いかたは残念です」

そう弁明したが、土佐の「いごっそう」としては、とても腹の虫がおさまらない。血の気の多い坂本は、とうとう怒鳴ってしまった。

「おれは我慢ならぬ。貴様が革命をやるか、おれが革命をやるか競争しよう。こんなところにおられん」

巣鴨の平民社を飛び出した坂本は、大杉栄の妻の堀保子が経営する「家庭雑誌」を、しばらく手伝った。この雑誌は、明治三十六年四月、堺利彦が創刊して、紀州新宮の大石誠之助が、料理の原稿を寄せるなどしている。

こうして坂本が、「家庭雑誌」で広告取りの仕事をしているとき、出版法違反で起訴された。クロポトキン著『パンの略取』を翻訳出版したことが、安寧秩序を妨害するものと知りながら、その届け出をする前に発売頒布したからという。三月九日、東京地裁の判決により、坂本は罰金三十円に処せられた。この罰金は、管野スガを通じて、幸徳から坂本に届けられたから、換刑入獄は免れた。このとき幸徳は、妻の千代子と離別しており、三月十八日から千駄ヶ谷へ移り、管野と事実上の夫婦になる。

坂本自身は、そのあと九州へ行くが、すでに「熊本評論」は発行停止になり、後継の「平民評論」も同様だから、全国を放浪する羽目になった。

明治四十三年七月二十六日、浮浪罪で逮捕された坂本清馬は、もっぱら次の点を追及されることになる。

（1）明治四十年春ころから、無政府共産主義を信じ、幸徳秋水方に出入りし、そのあと熊本評論社に入り、「熊本評論」に過激な論説を掲載して、主義の伝播につとめた。
（2）四十一年六月二十二日、赤旗事件が発生したあと上京して、幸徳方に森近運平とともに寄食した。
（3）十一月十九日、新宮から大石誠之助が上京したとき、幸徳が「赤旗事件の連累者の出獄を待ち、決死の士を数十人つのり、富豪の財を奪い、貧民を賑わわし、諸官省を焼いて大臣を殺し、宮城にせまって大逆罪を犯す」と説いたところ、大石と森近が同意した。
（4）十一月二十五日、熊本から松尾卯一太が上京し、幸徳を訪問したところ、前記の計画を聞かされ、ただちに同意した。
（5）そのあと幸徳が、新村忠雄と坂本清馬に計画を明かし、とくに坂本に「各地を遊説して決死の士をあつめよ」と勧告すると、坂本は快諾した。
（6）明治四十二年一月末ころ、坂本は幸徳と衝突して立ち去ったが、そのあと熊本へ行き、松尾卯一太と佐々木道元らに、暴慢過激の言を弄して、さらに各地を放浪し、爆裂弾の製法をたずねたりした。

これらの嫌疑を、坂本はことごとく否認したが、もう一人の幸徳の書生たる新村忠雄の供述により、すでに筋書きが組み立てられていた。

明治四十三年八月三日、検事総長の松室致が、熊本の四人にたいし、大逆罪で予審請求をおこなった。

松尾卯一太（新聞記者・三十一歳）

新美卯一郎（無職・三十一歳）

佐々木道元（無職・二十一歳）

飛松与次郎（無職・二十一歳）

明治四十年六月二十日に創刊された「熊本評論」は、発行兼編集人が新美卯一郎で、資金を提供したのが松尾卯一太だった。その名が示すように、二人とも明治十二年の卯年生まれで、国権主義の教育機関「済々黌」で修学し、東京専門学校（早稲田）に在学したことがある。

松尾家は世襲郷士の家柄で、父親の又彦は、そうめんを製造していた。長男の卯一太は、明治三十五年に早稲田を中退して帰郷すると、家業を手伝いながら、洋式の大規模な養鶏業をはじめた。三十七年四月には、月刊の「九州家禽雑誌」を発行し、アメリカから取り寄せた養鶏雑誌の記事を翻訳して紹介するようになり、全国の同業者に広く知られた。

三十九年十二月、妻子を連れて熊本市に出た松尾は、郷里の養鶏業は雇い人にまかせて、「熊本評論」の創刊準備をはじめた。東京時代から社会主義に関心をもち、明治三十六年十一月に創刊された週刊「平民新聞」を定期購読するなどしていた。

新美卯一郎は、飽託郡大江町の出身で、畑作中心の農家の長男だった。父親の惣三郎は水車業をいとなみ、穀物商を兼ねていた。済々黌中学をへて上京した新美は、早稲田を中退して、明治三十七年一月、熊本毎日新聞社に入社した。しかし、一カ月後に日露戦争がはじまり、補充兵として対馬要塞の重砲連隊に従軍し、三十八年九月に復員した。「熊本毎日新聞」の記者に戻った新美は、復員兵の心境を「嗚呼涙」と題して署名記事にした。対ロシアの開戦論者だった新美は、出征時に家族が流した涙と、凱旋時の涙を比較しながら、虚しい思いを明かしている。三十九年一月、新美は豊水村の松尾卯一太を訪ねて、たびたび通っているうちに、「熊本評論」の編集プランが固まっていった。四十年六月、「熊本評論」が創刊されたとき、新美は「熊本毎日新聞」に在籍していた。毎月五日と二十日の発行だから、松尾も郷里の養鶏場へ、ときどき戻ることができた。

半月刊「熊本評論」の企画記事のなかで、読者の反響を呼んだのは、「公開状」と「当世紳士内証日誌」だった。各界の知名士について、「公開状」は不正や謀略や変節をあばいて天下に問い、「内証日誌」は日記風に色ごとを暴露するのである。

法学士の井島義雄弁護士は、公開状で俎上に乗せられ、「足下は虚器の人ゆえにつねに心なきことを語り、我利本意の人ゆえに文辞を自己の利益を中心として判断す。されば足下は、一面識の士に厚く信じられ、旧識の士の多くにそしられる」と、赤裸々に描かれた。

第六師団の西島助義師団長は、内証日誌に「英雄とすれば、色を好むのは当然。このところ師団へ行く途中で出会う娘は、美人の慰問袋以上じゃ。馬丁はうまく尾行したかな。あのムクムクした肉づき、雪のような肌」とやられた。

このため井島弁護士と西島師団長は、熊本評論社を告発し、熊本地裁は、井島について誹謗罪、西島について官吏侮辱罪の成立を認めて、発行兼編集人の新美卯一郎は、それぞれ重禁錮一カ月・罰金五円に処せられ、最初の筆禍事件になった。

二回目の筆禍は、「軍人となることが最大の名誉と考えるのは迷信にすぎない」と、松尾卯一太が「新兵諸君に贈る」と書いた記事が、新聞紙条例の朝憲紊乱（ちょうけんびんらん）、秩序紊乱にあたるとされ、重禁錮一カ月に処せられた。

三回目から五回目までの筆禍は、「赤旗事件」にかかわるものだった。事件そのものを「六月二十二日の反逆」として、詳細に状況を報じ、救援の寄付金をつのった。また、「獄中同志の消息」「赤旗事件の傍聴記」「悲壮なる最後の法廷」と、四十一年九月二十日の第三十一号まで続けたところで、「熊本評論」は発行頒布停止の行政処分を受け、ついに廃刊した。

四十一年十一月二十五日、上京した松尾卯一太は、「熊本評論」に次ぐ新聞の発行について、平民社に幸徳秋水を訪ねて相談した。そのことが、「至尊に危害をくわえんとの陰謀をなし、かつ、その実行の用に供するため爆裂弾を製造し、もって陰謀実行の予備をなした」と、みなされることになる。

四十二年三月十日、熊本県庁で発行手続きをとった「平民評論」が創刊され、発行兼編集人は、小学校教員をやめたばかりの飛松与次郎だった。

明治二十二年二月二十六日、熊本県山鹿郡四丁村で生まれ、父親の常三郎は農業をいとなみ、与次郎は三男だった。二十歳の与次郎が責任者の「平民評論」の「発刊の辞」は、印刷人の松尾卯一太が書いた。

《われらは、社会主義革命を志す人々の通信機関として、本紙を発行する。そうであれば、これまでの社会主義者が慣用句としてきた「国法の許す範囲内において」ということもなく、ただ諸君がきたるべき革命の門番となって、忠実にその職責を尽くせばよいのである》

さらに「斟酌するなかれ」という記事中には、「われらが社会革命の旗の下に、現代の破却を叫ぶ。これは顕正主義の当然の進路であり、なにものといえども斟酌するなかれ。革命の門番は、いずれ死を社会万生のために賭したる無政府主義者によって創刊された」とある。

また、幸徳秋水は「革命思想」を寄稿して、「今日の革命思想の主流は、無政府主義になった。日本では政治の腐敗、圧制により政府の無用が論証され、この思想の流入・定着は、いかなる勢力によっても防ぐことはできない」と書いた。

これらの記事を掲載したことで、「平民評論」は、三月十三日付で発売頒布停止の行政処分を受け、四月十七日に熊本地裁は、発行兼編集人の飛松与次郎に罰金三十円、印刷人の松尾卯一太に無罪を宣告した。しかし、検察側が控訴して、七月三日に長崎控訴院は、飛松を重禁錮四カ月・罰金五十円、松尾を重禁錮一年・罰金百五十円に処した。この判決を大審院が支持したので、二人は明治四十二年十一月十七日から、熊本監獄に収監された。

佐々木道元は、熊本市内の即生寺（西本願寺派）の住職をつとめる徳成の次男として生まれ、済々黌中学に進学したが、明治四十一年十二月、五年生の二学期で中退した。その前から熊本評論社に出入りし、「平民評論」の創刊準備に協力している。四十二年三月発行の「平民評論」が一号で終わったあとも、松尾卯一太の家に出入りし、同年八月に放浪中の坂本清馬が熊本を訪れると、しばらく行動をともにして、「決死の士」になることを約束したというのである。

明治四十三年八月九日、刑法第七十三条（皇室ニ対スル罪）の捜査本部は、浮浪罪で拘留中の坂本清馬にたいして、予審を請求した。これで大逆罪の被告人は、幸徳秋水をはじめ二十人になる。

しかし、皇室に「危害ヲ加ヘ又ハ加ヘントシタル者」は、これだけにとどまらず、合計二十六人に達した。

八月二十三日、三浦安太郎（ブリキ職人・二十二歳）に予審請求。

八月二十五日、岡本穎一郎（電気会社雇・二十九歳）に予審請求。

八月二十八日、武田九平（金属彫刻業・三十五歳）に予審請求。

九月二十八日、岡林寅松（病院事務員・三十四歳）に予審請求。

　同日、小松丑治（養鶏業・三十四歳）に予審請求。

十月十八日、内山愚童（僧侶・三十六歳）に予審請求。

いちばん最後に起訴された内山愚童は、神奈川県足柄下郡の曹洞宗「林泉寺」の住職をしていたが、明治四十二年五月二十四日、東海道線の国府津駅で、旅行から帰ったところを逮捕されている。四十一年十一月十五日に秘密出版した『帝国軍人座右之銘』は、著者が加藤清になっているが、じつは内山が書いて林泉寺で印刷したとの密告があった。住職が留守中の林泉寺に、警察が踏み込んだら、活字印刷機とダイナマイト十二個が発見された。逮捕された内山は、出版法違反と爆発物取締罰則違反で起訴された。四十一年十月から十一月にかけて、『入獄記念／無政府共産』を出版したことは、このとき発覚していなかったから、不敬罪には問われなかった。

四十二年十一月五日、横浜地裁は、出版法違反で軽禁錮二年、爆発物取締罰則違反で懲役十年を、内山に言い渡した。この判決を不服として内山が控訴したため、四十三年四月五日、東京控訴院は、「爆発物取締罰則違反について一部の犯罪に事実誤認があった」と、懲役五年に減刑した。

四十三年七月二十日、大逆罪の捜査本部は、横浜市の根岸監獄で服役中の内山愚童を、「参考人」として東京監獄へ移して、取り調べをおこなった。しかし、荒法師を自任する内山は、何日間でも黙り込んでいるかと思えば、声高に自説を展開したりした。

「昔から、泣く子と地頭には勝てぬというて、ムリな圧制をするのが、お上の仕事ときまっておる。こんな厄介者を生かしておくために、正直に働いて貧乏するのは、バカの骨頂である。政府に税金をおさめることをやめて、一日も早く厄介者を亡ぼしてしまおう。そうして先祖の者より、ムリに盗まれた財産を取り返し、みんなの共有にしようではないか」

一八七四（明治七）年五月十七日生まれの内山愚童は、新潟県北魚沼郡小千谷町で育った。父親の直吉は菓子製造業をいとなみ、子どもは男三人、女一人で、愚童は長男だった。

小千谷高等小学校を首席で卒業した愚童は、しばらく父親の仕事を手伝ったが、佐倉惣五郎や大塩平八郎を尊敬する少年で、「農地を解放して婦人に参政権を与えるべきである」と論じて、やがて全国放浪の旅に出た。十九歳のころ、東京の井上円了の家に住み込んだ。新潟県三島郡の真宗「慈光寺」出身の井上は、明治二十年に哲学館（東洋大学の前身）を創設している。その井上と母親が縁戚関係にあり、内山は半年ほど仏教を学んだ。

明治三十年四月、二十二歳の内山は、神奈川県愛甲郡小鮎村の「宝増寺」で得度（とくど）して、足柄下郡早川村の「海蔵寺」で修行した。曹洞宗の古刹で四年間をすごした内山は、三十四年十月、足柄下郡宮ノ下の「常泉寺」に移り、住職見習いになる。この寺の住職は、足柄下郡温泉村にある「林泉寺」の住職も兼ねていた。

三十六年四月、常泉寺の住職が死亡したので、内山は林泉寺の住職になった。宮ノ下は温泉地で、常泉寺の檀家も多かったが、箱根の山中にある林泉寺は檀家も少なく、住職はめったに立ち寄らなかった。その林泉寺が、わずか四十数戸の檀家に支えられていることを承知で、住職になったのである。カヤ葺き屋根の小さな寺だが、大きなカキとクリの木があり、内山は本堂の床下にニワトリやアヒルを飼った。こうして自給自足しながら、箱根細工や鎌倉彫の内職を欠かさなかった。

内山愚童が、林泉寺の住職になった年の十一月に、週刊「平民新聞」が創刊され、さっそく定期購読をはじめた。幸徳秋水と堺利彦が平民社を創設したときに、資金七百五十円を提供した加藤時次郎（平民病院院長）の別荘が小田原にあり、内山は顔見知りでもあったからだ。

週刊「平民新聞」が、創刊第二号で全国の読者に、「自己紹介文」の寄稿を呼びかけると、明治三十七年一月十七日付の第十号で、内山愚童が応じている。

《余は仏教の伝道者として、いわく一切衆生はことごとく仏性を有し、いわくこの法は平等で高下なく、いわく一切衆生はわが子である。これが余の信仰の立脚地とする金言にして、社会主義のいうところの金言と、まったく一致することを発見して、ついに社会主義の信者になったのである》

さらに内山愚童は、明治三十七年七月十七日付週刊「平民新聞」の第三十六号に、手記を寄せている。

《小生の住居は、海抜一千尺ですが、温泉のないのが欠点でござる。昨年四月に師に死なれ、ここに住職する、独身の新所帯にして、家内にネコの親子がおり、村人が持参するコメで、まア、三人なら食うだけあります。この住居を、夏期は平民倶楽部として、広く同志の来遊を待ちます。二、三人連れの一、二泊は、山中に寝ころがる平民的な覚悟さえあれば、いつでも歓

迎する次第です》

これに誘われて、各地の社会主義者が行くと、内山は手製のウドンでもてなし、村の青年たちをあつめて、時事問題の談話会をひらいた。

明治三十八年一月、週刊「平民新聞」は、初の日本語訳「共産党宣言」を掲載したことで、発行停止の処分を受けた。発行兼編集人の幸徳秋水は、軽禁錮五ヵ月の判決が確定し、巣鴨監獄に収監され、七月に出獄したとき、かなり衰弱していたので、十一月にアメリカへ出発するまでのあいだ、加藤時次郎の別荘ですごした。このとき内山愚童が訪れて、堺利彦と禅問答をして一泊し、朝は加藤と散歩した。幸徳秋水は、八月十四日の日記に、「お医者さんと坊さんとは、早くも何事をか談笑しながら、波打際を散歩しつつあり、健康の人は羨むべき哉」と書いた。

幸徳秋水と内山愚童は、このときが初対面だった。

横浜市の根岸監獄から、東京市牛込区市ヶ谷の東京監獄へ移した内山愚童を、「参考人」として取り調べたのは、捜査主任の小山松吉(まつきち)検事だった。神戸地裁検事正の小山は、大審院検事総長の松室致に高く評価されており、刑法第七十三条〔皇室ニ対スル罪〕を捜査するために、六月九日付で大審院検事事務取扱を命じられた。こうして途中からくわわり、捜査主任になったのは、「事件の拡大」のためにほかならない。

小山松吉は、内山愚童が一筋縄ではいかないことがわかると、しゃべりたいだけしゃべらせる戦術をとった。

「ところで和尚、こういう小冊子があるのを承知かな」

おもむろに取り出した小山が、取調室のテーブルに置いたのが、赤い表紙の『入獄記念／無政府共産』である。このポケット判十六ページの小冊子を、明治四十一年十一月三日、愛知県亀崎町で受け取った宮下太吉が、爆裂弾をつくることを思いついたと、逮捕されてまもなく自供している。

「私も職業柄、いろんな不敬文書を目にするが、これほど大胆なものは珍しい。おそらく、皇国において史上空前であろう」

「ほう。そんなものがあったのか」

「このなかにラッパ節で、『なぜにおまえは、貧乏する。わけを知らずば、聞かせようか。天子、金持ち、大地主。人の血を吸う、ダニがおる』というくだりがある」

「なかなか上手なものだ」

内山愚童は、顔色も変えずに、いつもの薄笑いを浮かべている。

「そのあと、『昔から、泣く子と地頭には勝てぬというて、ムリな圧制をするのが、お上の仕事ときまっておる。こんな厄介者を生かしておくために、正直に働いて貧乏するのは、バカの骨頂である』うんぬんと続く」

「ふーむ、なるほどな」

「どこかで聞いたセリフだと思ったら、なんのことはない、のっけから和尚が、私にぶつけたセリフだった」

「そんなことを言ったかな」

いつものようにとぼけたが、複数の被告人が、『入獄記念／無政府共産』は内山愚童の秘密出版だと供述している。

「林泉寺から押収した印刷機の活字と、この小冊子の文字は、ぴたりと合致する。和尚の苦心の作であることは、一目瞭然なんだよ」

「活字なんて、みんな同じだから、どうということはない」

「それじゃ、手書きの文字なら、どうなるのかな」

「筆跡というものがあるから、活字のようにはいかんだろう」

「そのとおりだ。この封筒の宛名書きを、和尚に見てもらおうか」

小山が次に示したのは、群馬県の安中警察署が保管していた封筒である。社会主義者の長加部寅吉が、明治四十一年十一月十二日に郵送された六冊のうち、三冊を人に渡したあと不安になり、残り三冊を封筒ごと、警察署に届け出ていた。

「差出人は、『小田原　後藤生』となっており、どう見ても和尚の筆跡だ」

「こんなものを見せられても、べつにどうということはない」

「和尚はそれでよいだろうが、可哀相なのは長加部寅吉で、近いうちに不敬罪で五年ほど懲役に行くことになる」

「なんで不敬罪か？」

「こういう不敬文書を、三冊も人に配っておるからだ」

「残りの三冊は、所轄の警察署に、届け出ておるじゃないか」

「だから情状酌量の余地はある。和尚が発送したことを認めれば、私が責任をもって、減刑を嘆願しよう」

「こりゃ、参ったな」

このとき内山愚童は、しばらく考え込んでいたが、ようやく秘密出版と、秘密発送の事実を認めた。

次に小山検事がたしかめたのは、明治四十二年五月二十四日、箱根に戻って逮捕されるまでの足取りである。

「明治四十二年四月、和尚は永平寺で、一カ月間の修行をしているね」

「そんなことまで聞くのか」

「いや、禅宗の末寺の住職にとって、大切な修行のことだから、けしからんと言っているわけじゃない。この授戒は、陰暦の四月十五日から七月十五日までのあいだ、一カ月間という。和尚は、四月十八日に永平寺に入り、五月十八日に出ている」

「いちいち聞かなくても、ずっと尾行がついていた。その後の足取りも、すべてわかっているじゃないか」

「まア、気を悪くしなさんな。尾行の刑事たちは、それで妻子を養っておるんだ」

明治四十二年五月十八日、福井の永平寺を出た内山愚童は、大津で一泊した。翌日は三井寺を見て、尾行の刑事とともに比叡山に登り、大津の宿へ戻って泊まった。五月二十日、大津の宿から、身の回りの荷物を林泉寺へ送って、大阪の社会主義者の武田九平を訪ねた。

武田九平は、明治八年二月二十二日に香川県香川郡浅野村に生まれ、二歳のとき父親の専次とともに大阪へ出て、長じて金属彫刻業になった。各地で職工をしており、二十三歳のとき東京で労働組合期成会に加入し、二十六歳のとき大阪で労働組合期成会をつくってつぶされ、日露戦争に従軍したあと、大阪市南区谷町六丁目で金属彫刻業をいとなみ、大阪平民社の森近運平と親しくなった。

その武田九平方を訪ねると留守で、「大津の宿へ和尚を訪ねた」とのことだった。行き違いになったとわかった内山は、東区本町二丁目のブリキ細工職人の三浦安太郎を訪ねて、一緒に天王寺へ行った。

三浦安太郎は、明治二十一年二月十日に神戸市三宮に生まれ、大阪で父親の徳蔵がいとなむブリキ細工職を手伝うようになった。十九歳のころから社会主義に関心をもち、大阪平民社の茶話会に出るようになり、森近運平に心酔している。初対面の内山にも敬服し、夢中になって話し込み、二人で「社会党万歳！」と叫んだと、尾行刑事のメモにある。やがて武田九平が帰宅し、三浦をふくめて三人で話し合い、内山は武田方に泊まった。

五月二十一日夜、神戸に着いた内山は、旅館に泊まった。永平寺の神戸別院で、仏教講演を聞く目的だったが、神戸の社会主義者にも会うことにして、五月二十二日、海民病院に勤務する岡林寅松の自宅を訪ねた。

岡林寅松は、明治九年一月三十日に高知市で生まれた。父親の長太郎は陸運業をいとなんでいたが、長男の寅松は高知師範学校附属小学校のころから医師を志し、高知市内の産婦人科病院に書生として住み込んだ。医術開業前期試験に合格し、後期試験の勉強をしているとき、神戸市の海民病院に事務員として就職し、三十八年に「神戸平民倶楽部」を結成した。内山愚童とは初対面だが、昼食をもてなして歓迎していると、小松丑治（うしじ）もくわわった。

小松丑治は、明治九年四月十五日に高知市で生まれた。父親の孫四郎は農業をいとなみ、次男の丑治は高知師範附属小学校に入り、岡林寅松と同級生になった。丑治の兄は大阪で警察官になり、巡査部長をしていた。十七歳のとき大阪へ出た丑治は、まもなく帰郷して、高知市内の病院で薬局生になったが、三十一年に神戸へ行き、海民病院の事務員になった。しかし、三十三年一月に自分の地位を岡林寅松に譲り、高知から呼んだ父親と養鶏業をはじめ、「神戸平民倶楽部」の創立メンバーになる。

明治四十二年五月二十二日夕方、内山愚童は、岡林寅松を誘って永平寺の神戸別院へ行き、仏教講演を聞いたあと岡林方に泊まった。

五月二十三日、内山は午後七時四十分発の汽船で、紀州新宮へ向かう予定だった。しかし、永平寺の神戸別院へ電報が届き、林泉寺へ警察の捜索が入ったという。そこで急遽、神戸から東京行きの夜行列車に乗った。そして五月二十四日朝方、国府津駅で降りたところを、待ちかまえていた刑事たちに逮捕されたのだ。

小山松吉は、最後にたずねた。

「神戸から紀州新宮へ行き、大石誠之助と、なにを話し合うつもりだったのか」

「そんなことまで、いちいち聞かれる筋合いはない」

「いや、ごもっとも」

小山は苦笑して、事情聴取を終えると、東京地裁検事局の小林芳郎検事正、武富済検事と三人で、大阪・神戸へ出張し、内山愚童と会った社会主義者たちに、詰めの捜査をおこなったのである。

このとき内山は、「大阪グループ」の三浦安太郎、武田九平、岡林寅松、小松丑治の四人に、「大逆罪を犯すときは天皇より警戒の少ない皇太子にすべきである」と説き、それぞれ同意をえたという。しかし、岡本穎一郎は、内山に会っていない。

岡本穎一郎は、明治十三年九月十二日に山口県吉敷郡大内村で農家の長男として生まれた。父親の虎三郎は、穎一郎が十五歳のとき母親ヨシコが病死すると、すぐに後妻をもらった。その継母と折り合いが悪く、二十歳になると東京へ出て、早稲田第一学校に入学し、英語を学んでいる。そのころ安部磯雄や木下尚江らの演説を聞き、社会主義に興味をもった。そのあと大阪で、ランプの口金製造の職工になり、日刊「平民新聞」を購読するなどして、大阪平民社の森近運平に近づいた。

明治四十一年十一月二十九日、大石誠之助が東京から京都をへて、大阪市西区新町三丁目の村上旅館に泊まった。この旅館は和歌山県人が経営しており、大石の定宿だった。そこへ三浦安太郎、武田九平、岡本穎一郎らが訪ねて、大石が東京で会った幸徳秋水の話を聞き、「暴力革命および大逆罪決行の計画」に、賛同の意をあらわしたとされる。

一九一〇（明治四十三）年十一月一日、予審を担当してきた東京地裁の三人の判事は、大審院長宛の「意見書」を提出した。

＊　＊　＊

幸徳秋水ほか二十五名を、刑法第七十三条の被告事件について、予審を遂げたところ、以下の事実が明らかになった。

ヨーロッパの文物の輸入とともに、社会主義なるものが伝来し、その研究をする者が生じて、明治三十九年六月、幸徳秋水がアメリカより帰国して、硬派に属する無政府共産主義を主張したところ、それに同調するものがあらわれた。これらの者が、新聞および雑誌を発行して、主義の伝播につとめたところ、政府は公安に害があると認め、しばしばその発行を禁止した。四十一年六月二十二日、たまたま錦輝館赤旗事件が発生して、堺利彦、大杉栄らが獄に投ぜられ、有罪判決を受けたところ、各地の主義者たちは、政府の迫害であると憤慨した。このため、目的を達するには、労働者の総同盟罷工（ゼネラルストライキ）と、暴力の革命をふくむ直接行動および秘密出版をするしかないと、信じるにいたった。

すなわち、各被告人たちは、しきりに密会して、暴力的革命の陰謀計画を立てていたものであり、これらの行為は、次のとおりである。

【幸徳秋水】

つとに心を社会主義の研究に寄せて、明治三十八年十一月、アメリカのサンフランシスコへ渡航したあと、社会主義の硬派に属する無政府共産主義（アナーキズム）を奉じるにいたった。三十九年六月に帰国すると、硬派をもって名のあるイギリスのロンドンに在留するピョートル・クロポトキンと書信の往復をして、主義の意見を交換して発展をはかった。

四十年一月、日刊「平民新聞」をはじめたが、四月に刊行を禁じられて、十一月に高知県中村町へ帰省した。その途中で、大阪平民社において、森近運平らがひらいた歓迎会で、「文明の恩恵を受ける要件としては、反抗心を養成しなければならない」と説き、参加者の士気を鼓吹した。そして帰省中は、もっぱらクロポトキン著『パンの略取』を翻訳していたが、たまたま赤旗事件が発生し、多数の同志が投獄されたことをもって、憤怒の念を禁じがたく、意を決して上京することにした。

四十一年七月下旬、大石誠之助を紀州新宮に訪ね、同地の成石平四郎、峯尾節堂、高木顕明、崎久保誓一らと会見して、「政府の迫害にたいしては反抗の必要がある」と、大いに革命心を鼓吹した。なお、誠之助と一夜舟を熊野川に浮かべて、爆裂弾の製法について論じている。八月中旬、箱根の林泉寺に内山愚童を訪ねて、「赤旗事件の報復として、暴力的な革命をおこす意思がある」と告げて上京した。

十一月、森近運平から、「宮下太吉が愚童が出版した『入獄記念／無政府共産』をたずさえて大府駅へ行き、至尊の通御を拝観する者に配布して説いたところ、いささかも耳をかたむける者がなかったのは、皇室を尊敬する迷信であるから、爆裂弾をつくって大逆罪を犯す決意をした」という運平に宛てた書状を示されて、小冊子の効果を非常に喜んだ。たまたま同月、大石誠之助が上京したので、自己の病状の診断を受けたところ、腹間膜羸瘦（るいそう）と診断され、余命いくばくもないことを知って、暴力革命をおこす決意をした。誠之助に続いて上京した松尾卯一太と、同時もしくは時を異にして、運平をくわえて平民社で会合し、「かくなるうえは赤旗事件の同志の出獄を待って、決死の士数十人をつのり、爆裂弾その他の武器を与え、暴力革命をおこして、富豪の財を奪って貧民を賑わわし、諸官省を焼いて大臣を暗殺して、余力があれば二重橋にせまり、大逆罪をあえておこない、たとえ一日でも理想とする無政府共産の現象を見よう」と謀議し、新村忠雄、坂本清馬にも告げて、とくに清馬にたいしては、「各地を遊説して決死の士をつのるべし」と勧めた。

十二月、管野スガより、暴力革命の意思があることを聞いた秋水は、ともに事をする約束をした。

四十二年二月十三日、宮下太吉が上京し、かねて森近運平に宛てた書信とおなじ計画を語った。このとき秋水は、これを衷心より喜びながら、太吉の性格を知らないために、ことさら不得要領な答えかたをした。しかし、太吉が去ってからは、スガと忠雄に、その決意を称揚している。五月下旬、太吉より「爆裂弾の製造方法を聞いたので、主義のために倒れる」との書面を受け取り、「爆裂弾の成功を喜び、ともに主義のために尽くそう」という書信を、スガに書かせて送った。六月、太吉が愛知県亀崎町より、長野県東筑摩郡中川手村の明科製材所へ転勤するとき上京し、府下千駄ヶ谷町の平民社を訪すると、太吉とスガの三人で、爆裂弾で大逆罪を決行することを協議した。このときスガと、「新村忠雄、古河力作は意思堅固で、ともに事をなすべきに足りる人物である」と、太吉に推挙した。

九月上旬、スガと忠雄と「明治四十三年秋季に大逆罪を決行して、暴力革命をおこそう」と謀議し、九月下旬、忠雄を明科へ行かせて、謀議の内容を太吉に伝えた。このころ、たまたま奥宮健之が来あわせたので、「今わが国で爆裂弾を用いて大逆罪をおこす者があれば、その結果はいかに」とたずねた。十月上旬、秋水が古河力作を招いて、スガ、忠雄とともに、大逆罪を決行することを明かし、力作の同意を得た。そこで同月中に健之にたいして、「政府の迫害に同志たちが激昂し、これを抑える策がないので、暴力革命をおこす」と伝え、爆裂弾の製法について、実験家からの調査を依頼し、その結果を忠雄を通じ、太吉に通知させた。十一月上旬、太吉から忠雄を通じ、「爆裂弾の試験の結果は良好であった」との報告を受けて、これを健之に知らせた。十二月三十一日、太吉が明科より、製造した爆薬および装塡すべき小鑵二個をたずさえて上京した。

四十三年一月一日、秋水、スガ、忠雄、太吉は、こもごも鑵を投げて、実用に供するかどうかを批評した。一月二十三日、秋水、スガ、忠雄、力作は、さらに実行方法の協議をした。三月下旬、秋水は、小泉三申の依頼に応じて、歴史書編纂に従事することを約束し、スガとともに相州湯河原へ行き、ひそかに同志をたくわえて、決行の時機のいたるのを待った。

【管野スガ】

明治三十七年ころより社会主義を奉じ、四十年ころ革命思想をもち、四十一年六月に赤旗事件で入獄して、無罪判決を受けたあとも、幸徳秋水らと往復し、ますます革命思想を固くした。十二月、秋水方において、「政府の主義者にたいする迫害がはなはだ激しくなったので、爆裂弾によって大逆罪を決行し、暴力革命をおこそう」と提議し、その同意をえた。

四十二年二月十三日、宮下太吉が秋水にたいして、大逆罪の計画を語ったことを聞き、心ひそかに喜び、三月中に秋水の内縁の妻になり、同棲をはじめた。六月、太吉が訪れたとき、秋水とともに、新村忠雄、古河力作を推薦し、七月に紀州新宮の大石誠之助方に滞在する忠雄に、「東京において壮烈な運動をおこすので帰京せよ」と、暗に大逆罪の計画を漏らした。七月十五日より、九月一日にいたるあいだに、雑誌「自由思想」の秘密出版・発送事件について拘留を受けて、出獄すると九月上旬ころより、秋水、忠雄と大逆罪および暴力革命の謀議をした。十一月中に、太吉より忠雄をへて、爆裂弾の試発の成績を聞いたが、なお、忠雄が立ち会ったうえでの再試発をなすべきことを提議した。

四十三年三月二十二日、秋水が歴史書編纂のため湯河原に転地したとき、いったん同行したが、五月一日に帰京した。五月十七日夜、忠雄、力作と千駄ヶ谷町の増田謹三郎方で密会し、翌十八日に換刑労役に服するため東京監獄に入獄するにつき、あらかじめ抽選をもって、秋季実行の部署を定めていた。

【森近運平】

かねて社会主義の研究をなし、大阪において社会主義の新聞を発行した。明治四十年十二月三日、宮下太吉の来訪を受け、その質問に答えて、皇室の尊敬するに足らざる旨をもって、太吉をして皇室を侮蔑する念を抱かしめた。四十一年二月一日、ふたたび太吉の来訪を受けたとき、「主義の目的を達するためには、直接行動によるしかなく、結局は暴力革命となる」と説明して、革命の行動を期待した。四十二年二月十三日、巣鴨の寓居に太吉の来訪を受け、大逆罪をおこなう決心を聞いたとき、「自分には妻子があり、いまはくわわることはできないが、しばらく岡山県へ帰って園芸に従事しながら、主義の伝播につとめる。きたるべき革命のときは、同志を率いて上京し、大いに応援をする」と告げて、三月中に岡山県へ帰郷した。

【宮下太吉】

明治四十一年一月ころより社会主義を奉じ、研究を積むにつれて、硬派の説にかたむき、ついに爆裂弾をもって大逆罪を犯すことを決心した。五月、愛知県亀崎町において、松原徳重なる者から、爆裂弾の薬品の調合は、塩素酸カリ十、鶏冠石五であることを聞きだした。七月に甲府市へ行き、百瀬康吉の薬店から、塩素酸カリ二ポンドを購入した。また、七月三十一日には、愛知県碧海（へきかい）郡高浜町の内藤与一郎から、鶏冠石千二百グラムを購入した。八月十日、かねてより爆裂弾をもって大逆罪を犯す意思を伝えておいた、紀州新宮の大石誠之助方の新村忠雄から、塩素酸カリ一ポンドの送付を受けた。十月十二日、新村善兵衛から、薬研の送付を受けて、これを新田融方に預けおき、十月二十日に融方において鶏冠石を粉末にした。同月下旬、ブリキ職人の臼田鍋吉につくらせた金属製の小鑵に、塩素酸カリ六、鶏冠石四の割合の薬品と、豆粒ほどの小石二十個を混入し、爆裂弾一個をつくった。十一月三日、明科付近の山中にたずさえて、これを投擲してみたところ、その効力の偉大なるを認め、その旨を忠雄に通知した。四十三年四月、融に依頼して、金属製の小鑵二十四個をつくらせたところ、その挙動の不審を警察官に注目されたことに気づき、小鑵および薬品を二個の箱におさめて、五月八日、明科の清水太市郎に預けておいた。しかし、警察官の注目はますます厳重をきわめ、これを太市郎より取り戻して、明科製材所の鍛冶工場および汽罐室内に隠匿していたが、ついに発覚した。

【新村忠雄】

明治三十六年ころより、社会主義の研究をなし、四十年に上京して、社会主義の講習会で主義について聞き、ついに硬派の説を奉ずるにいたる。四十一年十一月、幸徳秋水から、暴力革命および大逆罪の計画を聞いた。四十二年二月十三日になって、宮下太吉が語った計画を秋水から聞き、心ひそかに陰謀にくわわることを期した。三月末に東京を出発し、紀州新宮町の大石誠之助方へ行き、八月二十日まで滞在したあいだ、太吉の大逆罪の計画を告げ、峯尾節堂、高木顕明にたいして、「皇室を尊敬するのは迷信であるから、大逆罪を決行すべきだ」と説いた。ことに成石平四郎とは、ともに暴力革命をおこし、大逆罪を実行することを謀議した。七月中に、管野スガから「東京において壮大な運動をするので帰京せよ」と通知を受けた。八月一日、太吉より薬剤の送付をうながす書信が届いたので、これを誠之助に示して同意をえて、畑林薬種店から塩素酸カリ一ポンドを買い入れ、太吉に送付した。八月二十日、新宮を出発し、二十二日に東京へ帰着すると、秋水と同居して、スガの出獄を待った。九月上旬、秋水、スガと三人で、大逆罪および暴力革命の謀議をなし、下旬に明科へ太吉を訪ねて、「いよいよ明治四十三年の秋季に計画を実行する」と告げた。

四十三年一月一日、秋水、スガ、太吉と四人で、爆薬および小鑵の批評を試みて、翌二日に古河力作が来訪すると、その模様を告げた。一月二十三日、さらに秋水、スガ、力作と、秋季の実行について協議した。二月に長野県に帰ると、しばしば太吉と会見した。五月十七日、上京してスガの仮寓で、力作と三人で密会し、抽選をもって、秋季における部署を定めた。

【古河力作】

明治四十年春より社会主義を奉じ、幸徳秋水の鼓吹によって、硬派の説にかたむいた。四十二年五月、雑誌「自由思想」の印刷人になった。十月上旬、秋水、管野スガ、新村忠雄から、大逆罪を犯すことを提議されると、これに同意した。四十三年一月二日、秋水、スガ、忠雄から、宮下太吉が製造した爆薬および小鑵の模様を聞き、一月二十三日、秋季の実行について謀議した。五月十七日夜、スガ、忠雄と密会して、実行の部署を定めた。

【新田融】

明治四十二年六月から、宮下太吉より硬派の説明を聞き、かつ『入獄記念／無政府共産』その他の主義についての書籍をもらい、太吉が暴力革命をおこし、大逆罪を犯す意思があるのを知りながら、十月中に爆裂弾を製造するための薬研を預かり、かつ、鶏冠石を粉末にするために自宅の一室の使用を許した。そのあと、明科製材所において、十月ころ、爆薬の容器たる小鑵二個および、四十三年四月中に小鑵二十四個を製造し、太吉に交付した。

【新村善兵衛】

新村忠雄の兄であり、常に忠雄から社会主義の鼓吹を受けて、多少はその趣旨を感じ、かつ忠雄に革命心があることを、熟知していた。明治四十二年十月上旬、忠雄から「薬研を借り入れて、明科の宮下太吉に送付してほしい」と依頼された。このときすでに、忠雄と太吉は硬派として親交があり、ともに大逆罪および暴力の革命をおこす意思があること、その武器たる爆裂弾をつくるための薬研であることを推知しながら、西村八重治より薬研一丁を借り受け、これを太吉に送付した。

【奥宮健之】

長年にわたって幸徳秋水と交わりを結び、自己もまた趣味をもって、社会主義の研究をしていた。明治四十一年夏ころから、秋水が率いる硬派は、政府の処置に憤慨して、あるいは暴挙をなし、皇室に反抗するやもしれぬ事情があるのを知っていた。四十二年十月、秋水から、犯罪に使用すべき爆裂弾の製法を質問されると、西内正基に会って調合について聞き、往年の加波山事件の関係者を通じて知っていた方法も参酌し、「爆薬は塩素酸カリ六、鶏冠石四の割合で調合し、これに鋼鉄片をくわえて、金属製の円筒形の小鑵に入れ、外部を針金で巻くべし」と、秋水に報告した。

【坂本清馬】

明治四十年春ころから、社会主義者の硬派の説を信じて、幸徳秋水のところに出入りしていた。明治四十一年五月、熊本評論社に入り、「熊本評論」で過激な説を主張して主義の鼓吹につとめていた。七月、赤旗事件で入獄した同志のために上京し、そのあと秋水方に寄食して、十一月、暴力革命および大逆罪の計画があることを聞き、かつ、地方を巡遊して計画に要する決死の士を募集するように勧められ、これを快諾した。四十二年一月末、秋水と間隙を生じて、ついに交わりを絶ち、八月中旬から熊本県豊水村の松尾卯一太方に寄食して、卯一太、新美卯一郎らにたいし、ますます過激な硬派の説を唱えていたが、九月下旬に逃亡して、山陽地方を放浪していた。このように清馬は、秋水と事をともにする意思はなくとも、自己を中心として、さらに同志をつのり、暗殺を主義とする一団体を組織しようとして、四十三年二月、佐藤庄太郎を下谷区万年町の寓居に訪ね、爆裂弾の製法について質問したあと、団体員を募集するために、東北地方を徘徊していた。

【大石誠之助】

明治三十三年ころから、社会主義を研究しており、ついに硬派に属した。三十九年十一月、東京で幸徳秋水と知り合い、意気投合してきた。四十一年七月、秋水が赤旗事件の善後策のため上京する途次に訪れると、政府にたいする反抗手段を協議した。十一月、上京して秋水を訪ね、秋水および管野スガを診察して、いずれも症状の軽くないことを認めた。そして秋水と、暴力革命と大逆罪の決行を謀議した。十一月二十九日、大阪において、宿泊していた村上旅館に、武田九平と三浦安太郎の訪問を受けて、秋水と謀議した顚末を報告した。十二月一日、九平と岡本穎一郎を、飲食店「新門亭」に同行し、おなじことを話して、夜は村上旅館で茶話会をひらき、九平、穎一郎の同意をえて帰県した。

四十二年一月、誠之助の鼓吹によって硬派説を奉ずるにいたった成石平四郎、高木顕明、峯尾節堂、崎久保誓一らを自宅に招集して、秋水と謀議した顚末をくわしく告げ、「ともに決死の士となり、行動にくわわろうではないか」と勧誘し、その同意をえた。七月十八日、かねて平四郎の依頼によって、革命のとき用いる爆裂弾の製法を研究している成石勘三郎の求めに応じ、塩素酸カリと鶏冠石を贈与して、その製法について注意を与えた。七月二十一日、勘三郎、平四郎の案内を受けて、料理店「養老館」で会食し、東京の同志と爆裂弾をもって革命運動をなすべきことを語った。

【成石平四郎】

明治三十九年ころから、社会主義を研究し、四十一年七月、大石誠之助から説示されて、年末ころ硬派にくみするにいたった。四十二年一月、誠之助から、幸徳秋水の暴力革命および大逆罪の計画を聞き、これに同意して決死の士になることを承諾し、兄の勘三郎に、爆裂弾の製造の研究を依頼していた。四月、誠之助方に滞在中の新村忠雄と会って、大いに意気投合したことから、暴力革命をおこして大逆罪を犯すことを、しばしば協議して、ほかに同志がなくても、二人だけで決行することを誓った。七月、誠之助、忠雄、勘三郎とともに、養老館で会食して、互いに革命談義をしたことで、ますます決意を固めた。そのあと、単身で上京して、事にあたろうとしたが、一家経営の問題が生じるなどで、上京するにいたらなかった。

【高木顕明】

明治三十八、九年ころから社会主義を奉じ、四十一年七月ころ、大石誠之助方において初めて幸徳秋水に面会して、「政府の迫害にたいしては反抗の必要あり」と説示され、主義上の信念を高め、ようやく硬派に属した。四十二年一月、誠之助より、暴力革命および大逆罪の計画を聞き、これに同意して、決死の士になることを承諾した。

【峯尾節堂】
明治四十年ころから社会主義の研究をはじめ、四十一年六月に赤旗事件が発生して、獄に投じられた同志に同情の念を覚えていたところ、七月に幸徳秋水から「政府の迫害にたいしては反抗の必要あり」と説示されたことで、ついに硬派に属した。四十二年一月、大石誠之助方において、秋水の暴力革命および大逆罪の計画を聞き、これに同意し、決死の士になることを承諾した。

【崎久保誓一】
明治四十年四、五月ころから社会主義の研究をはじめ、四十一年七月、大石誠之助方で幸徳秋水より、「主義に関する政府の迫害にたいしては反抗の必要あり」と説示され、ついにこの主義の硬派に属した。四十二年一月、誠之助方において、秋水の暴力革命および大逆罪の計画を聞き、これに同意し、決死の士になることを承諾した。

【成石勘三郎】
平四郎の兄で、明治四十年ころから社会主義の研究をして、ついに硬派にかたむいた。四十二年一月、平四郎より「主義にたいする政府の迫害がはなはだしいので、同志とともに暴力革命をおこし、大逆罪をも敢行する計画をなしたので、これに要する爆裂弾の研究をしてほしい」と依頼された。四月から、自宅において、所持する鶏冠石および塩素酸カリなどを調合し、これを紙に包み、熊野川原においてしばしば爆発を試みて、成功にいたらなかった。七月二十一日、新宮町の養老館で、誠之助、忠雄らと会食したとき、暴力革命および大逆罪の計画を聞かされて、席上「やるべし」と同意した。

【松尾卯一太】

明治三十七、八年ころから社会主義を研究しており、四十年六月、新美卯一郎とともに「熊本評論」を発刊し、主義の鼓吹につとめた。四十一年から硬派に属して、しきりに過激な説を紙上にかかげて、九月に発行禁止を受けた。十一月、上京して幸徳秋水に会い、暴力革命ならびに大逆罪敢行の謀議を受け、これに賛同して帰県し、卯一郎に計画を告げて賛同をえた。四十二年三月、佐々木道元、飛松与次郎に前記の計画を告げて、「決死の士を読者からつのるために、新しい新聞を発行する」として、「平民評論」にすこぶる過激な論説を掲載したところ、たちまち発行を禁止され、ますます道元、与次郎にたいして過激な革命説を鼓吹して、つねに激励につとめていた。

【新美卯一郎】

松尾卯一太とともに、熊本市で「熊本評論」を発行し、みずから編集事務に従事し、社会主義の鼓吹につとめた。明治四十一年六月、幸徳秋水に書信を寄せて、社会主義の硬派について質問し、その回答に接して、硬派にかたむいた。八月に上京して、秋水その他の同志を歴訪し、かつ、赤旗事件の公判を傍聴して帰県したが、翌九月に「熊本評論」が禁止されて大いに憤慨し、いよいよ主義にたいする信念をもち、暴力革命の必要を思い、卯一太から「革命実行の際には大逆罪も犯さざるをえない」と聞かされ、これに賛同した。


【佐々木道元】

明治四十一年五月ころから、新美卯一郎の勧誘によって、社会主義の研究をはじめ、坂本清馬、松尾卯一太らの鼓吹を受け、十二月にいたって、ついに硬派に属した。四十二年三月、卯一太方において、暴力革命の時代であることを説かれ、決死の士をつのることを勧告され、革命実行の際には、大逆罪を犯すことを辞さずと決心した。


【飛松与次郎】

明治四十二年三月上旬、新美卯一郎の勧誘によって、「平民評論」の発行兼編集人となり、松尾卯一太の鼓吹もあって、社会主義の硬派にかたむいた。「平民評論」が発行を禁止された直後に、松尾卯一太方において、暴力革命と大逆罪の計画を聞かされ、決死の士となることを承諾した。

【内山愚童】

明治三十七年ころから、社会主義の研究をして、その硬派にかたむき、四十一年六月の赤旗事件のため、多数の同志が投獄されるのを見て、大いに憤慨した。その復讐として、『入獄記念/無政府共産』なる小冊子を出版することを、ひそかに計画した。十月、全文ほとんど不敬の文字を羅列した小冊子の出版を完了し、十一月初旬から、匿名で各地の同志に発送した。四十二年五月二十一日、武田九平を大阪に訪ね、九平と三浦安太郎にたいし、「大逆罪を犯すときは、至尊より警戒の少ない皇太子にすべきである」と説き、暴力革命および暗殺行動について、両人の同意をえた。五月二十二日、岡林寅松および小松丑治を神戸に訪問し、前日と同様の意見を述べたところ、両人の同意をえたので、革命の用に供すべき爆裂弾の製造方法について、意見を交換した。

【武田九平】

明治四十年六月から、森近運平と力を合わせ、「大阪平民新聞」または「日本平民新聞」の発刊に従事した。四十一年六、七月ころから硬派に属し、九月、自宅に神戸平民倶楽部をもうけて、同志をあつめて主義の発展をはかり、その席上で「桂太郎首相を暗殺すべきである」と述べた。十一月上旬、内山愚童が送付した『入獄記念／無政府共産』を数十冊受け取ったので、岡本穎一郎、三浦安太郎らに数部を贈った。十一月二十九日、大石誠之助が、大阪に立ち寄ったので、十二月一日、新門亭に会合し、あるいは村上旅館に茶話会をひらいたとき、誠之助より幸徳秋水方における、暴力革命および大逆罪決行の計画を聞き、これに賛同の意をあらわした。四十二年五月二十二日、内山愚童が来訪して、暴力革命および暗殺行動の謀議を受けたとき、ただちに同意したのみにとどまらず、将来その武器として、爆裂弾製法の研究を必要とすることを説いた。

【岡本穎一郎】

明治四十年六、七月ころから、森近運平と親交を結び、硬派の説を奉じ、十一月三十日、幸徳秋水の歓迎会に出席して、反抗心と科学の進歩、労働者の生産力との関係を感じた。四十一年九月、平民倶楽部の席上において、「皇室かならずしも尊敬すべき理由なし。ただ拝するものだけなら木像で足りる」と、不敬の言を弄した。十二月一日、新門亭および村上旅館の会合に赴き、大石誠之助より、暴力革命と大逆罪の計画を聞き、これに賛同した。

【三浦安太郎】

明治四十年ころから、硬派の説を奉じ、十一月三十日、幸徳秋水の歓迎会に出席して、「反抗心を養成し、たえず政府にたいする不平を唱えるを良策」という説を聞き、深くこれを信じた。四十一年十一月二十九日、村上旅館において、大石誠之助より暴力革命および大逆罪の計画を聞き、これに賛同し、また、武田九平から『入獄記念／無政府共産』の小冊子をもらい受け、これを一読して、田中泰に送付した。

【岡林寅松】

明治三十九年ころ、社会主義を鼓吹する「赤旗」と題する雑誌の発行を計画したが、ある事情のため、これを中止した。四十一年十一月、内山愚童が送付してきた『入獄記念／無政府共産』の小冊子を、中村浅吉に交付し、「将来はかならず社会主義になる」と説いた。四十二年五月二十二日、愚童から暴力革命と暗殺計画の謀議を聞いて、使用すべき爆裂弾の薬品の調合などを談じ、賛同の意をあらわした。

【小松丑治】

明治三十八年いらい社会主義の研究をしており、四十年ころから硬派の説を奉じた。四十一年十一月ころ、内山愚童から送られた『入獄記念／無政府共産』の小冊子を受け取り、十二月ころ、中村浅吉にたいし、岡林寅松とともに、「将来はかならず社会主義になる」と、社会主義者はすべて硬派に帰すべきことを説いた。四十二年五月二十二日、愚童が神戸を来訪したときには、寅松と同席して、暴力革命および暗殺行動の謀議を聞き、そのとき使用する爆裂弾の薬品の調合などを談じ、賛同の意をあらわした。

以上の事実は、証明十分にして、各被告人の行為は、いずれも刑法第七十三条に該当する犯罪であると思料するので、刑事訴訟法第三百十五条にのっとり、意見を付して訴訟記録を差し出すことにする。

明治四十三年十一月一日

東京地方裁判所において
大審院特別権限に属する被告事件
予審掛　判事　原田　鉱
判事　河島　台蔵
判事　潮　恒太郎

大審院長　判事法学博士　横田　国臣殿

第六章　大審院判決

一九一〇（明治四十三）年十一月九日、大審院特別部（鶴丈一郎裁判長）は、「幸徳秋水ほか二十五名が、刑法第七十三条の罪に関する事件について、大審院長の命を受けた予審判事が差し出した訴訟記録および意見書を調査し、検事総長の意見を聴いて審案するに、本件は本院の公判に付すべきものと決定す」と、予審を終結した。〔皇室ニ対スル罪〕は、大審院の特別部（七人の判事で構成）で公判に付し、一審にして終審となる。

公判スケジュールは、十二月十日からときまり、麴町区西日比谷一番地の大審院の大法廷で、集中審理をおこなう。被告人が、総勢二十六人というのに、予審の終結から初公判まで、わずか一カ月しかない。死刑相当の重罪事件とあって、弁護人抜きに開廷できないから、主として裁判所のあっせんで、当代一流とされる花井卓蔵、今村力三郎、磯部四郎、鵜沢聡明(そうめい)ら計十一人の弁護士がついた。

幸徳　秋水―高知市幡多郡中村町（花井、今村、磯部）
管野　スガ―京都府葛野郡朱雀村（花井、今村、磯部）
宮下　太吉―甲府市本町九七番地（花井、今村、磯部）
森近　運平―岡山県後月郡高屋村（花井、今村、磯部）
新村　忠雄―長野県埴科郡屋代町（花井、今村、磯部）
古河　力作―福井県遠敷（おにゅう）郡雲浜（うんぴん）村（花井、今村、磯部）
新村善兵衛―長野県埴科郡屋代町（花井、今村、磯部）
高木　顕明―和歌山県東牟婁郡新宮町（花井、平出修（ひらいでしゅう））
崎久保誓一―三重県南牟婁郡市木村（平出）
峯尾　節堂―和歌山県東牟婁郡新宮町（花井、今村、磯部）
松尾卯一太―熊本県玉名郡豊水村（花井、今村、磯部、尾越辰雄）
新美卯一郎―熊本県飽託郡大江町（花井、今村、磯部、尾越）
佐々木道元―熊本市西坪井町（花井）
飛松与次郎―熊本県山鹿郡広見村（今村）
内山　愚童―神奈川県足柄下郡温泉村（花井、今村、磯部）
武田　九平―高松市南紺屋町（花井、今村、磯部）
三浦安太郎―大阪市東区本町（花井）

岡林　寅松―高知市鷹匠町（花井、今村、磯部）
小松　丑治―高知市紺屋町（花井、今村、磯部）
新田　融―小樽市稲穂町（鵜沢）
大石誠之助―和歌山県東牟婁郡新宮町（今村、鵜沢、川島仟司(せんじ)）
奥宮　健之―東京市神田区神田五軒町（鵜沢）
岡本穎一郎―山口県吉敷郡大内村（鵜沢）
坂本　清馬―高知県安芸郡室戸町（宮島次郎、吉田三市郎、安村竹松）
成石平四郎―和歌山県東牟婁郡請川村（半田幸助）
成石勘三郎―和歌山県東牟婁郡請川村（半田）

明治四十三年十月二十七日、弁護士の花井卓蔵と今村力三郎が、大審院の弁護士控室にいたとき、書記官が顔を出した。

「潮恒太郎判事が、両先生に話したいことがあるそうです。よろしければ、予審法廷までおいでくださいませんか」

四十二歳の花井は、明治二十三年に弁護士を開業し、三十歳のとき総選挙に初当選してから、代議士を続けている。四十四歳の今村は、明治二十二年に弁護士を開業し、途中で裁判官になったが、三十一年から弁護士に戻った。

花井と今村は、「万朝報」の黒岩涙香社長と親交があり、記者時代の幸徳秋水を知っていたから、社会主義者の弁護を引き受けてきた。予審判事の用件について、ピンとくるものがあり、顔を見合わせた。

「いいですよ。行きましょう」

二人が予審法廷へ行くと、さっそく潮判事が切り出した。

「お聞きおよびでしょうが、幸徳秋水は、大逆事件で予審中です。近く予審が終結するので、ついては幸徳が、両先生に弁護を依頼したいと申しております」

花井と今村は、明治三十七年三月、週刊「平民新聞」が、日露戦争の開戦直後に議会が増税案を可決したので「ああ、増税」と批判して発売禁止になり、発行兼編集人の堺利彦が起訴されたとき、控訴審の弁護人をつとめている。一審の東京地裁は、堺に軽禁錮三カ月を宣告したが、両弁護人は「非戦論の平和主義を唱えたにすぎないものである」と弁論して、東京控訴院は、軽禁錮二カ月に減刑し、新聞の継続発行を認めた。十一月、週刊「平民新聞」が創刊一周年記念として、「共産党宣言」の邦訳を掲載し、発行兼編集人の幸徳秋水が起訴された。このときも花井と今村が弁護したが、幸徳は軽禁錮五カ月に処せられて入獄して、週刊「平民新聞」は廃刊になった。

「わかりました。幸徳君の弁護を、私たちが引き受けましょう」

花井と今村が即答すると、潮はホッとしたように頷いた。

「それでは本人を、この法廷に呼びますから、しばらくお待ちください」

大審院の地下一階は、仮監獄になっている。そこから連れ出された幸徳秋水が、予審法廷に入ってきた。

「両君には、これまで世話になり、ずいぶん迷惑をかけながら、ロクに報酬も支払っていない。それなのに、今回も引き受けていただき、心から感謝する次第です」

三十九歳の幸徳は、沈痛な面持ちで、深々と頭を下げた。

「罪名が罪名なだけに、とくに今回はご迷惑をかけますが、これが最後ということになる。どうか両君で、ぼくのために、死に水をとっていただきたい」

「お互いに、旧知の仲ではないか。力一杯やるから、まかせてもらいたい」

「重ねてお願いしたいのは、こんどの事件で、多数が起訴されている。ぼくが親しくしていた数人のほかは、地方の青年たちであり、弁護人の選任もおぼつかない。ご迷惑ついでに、それら青年たちの弁護も、引き受けてもらえないだろうか」

このとき花井と今村は、ちょっと話し合って、引き受けることにしたが、不安がないでもなかった。

「それらの被告人も引き受けることにするが、なにぶん全国各地にわたって多数であるから、利害が相反したり、申し立ての矛盾もあるだろう。それらの者を、一括して弁護するのは、難しいのではないか」

「なるほど、そうかもしれない」

幸徳は当惑顔になったが、すかさず潮が口をはさんだ。

「私は長期間の予審を通じて、すべての被告人の申し立てがわかっています。したがって、弁護をお願いする被告人のなかで、どう見ても利害相反する者は、両先生に分けて担当してもらいましょう」

こうして結果的に、熊本の「平民評論」の二人について、佐々木道元を花井、飛松与次郎を今村が担当することになった。

花井と今村とともに、多数の被告人の官選弁護を引き受けた磯部四郎は、大審院の判事・検事を歴任したベテランで、代議士もつとめており、法曹界の重鎮とされる。大舞台における弁護活動ともなれば、このような重鎮が必要だから、花井と今村が、五十九歳の磯部に頼み込んだのである。

高木顕明と崎久保誓一の弁護を引き受けた平出修は、明治三十七年に弁護士を開業し、神田区北神保町に事務所を兼ねた自宅をもち、三十二歳である。新潟市で育った少年時代から、文芸に関心があり、小学校教員をしていた二十歳のとき、「露花」のペンネームで、地方新聞などに、短歌、俳句、評論を投稿するようになった。

明治三十三年五月、与謝野寛・晶子夫妻の知遇をえて、新詩社の同人として、雑誌「明星」

に短歌や評論を発表しはじめる。三十四年一月、小学校の教員をやめて上京し、明治法律学校（明治大学の前身）に入学して、法律の勉強をしながら、ますます文芸に親しんだ。二十六歳で弁護士になってから、中国語の勉強をはじめ、長唄や三味線を習った。四十一年十一月、森鷗外宅の「観潮楼歌会」に、佐佐木信綱、伊藤左千夫、与謝野寛、吉井勇、北原白秋、石川啄木らと出席して、この月に「明星」は、百号で廃刊になった。

四十二年一月、文芸雑誌「スバル」を創刊し、発行名義人は啄木だったが、平出の事務所を発行所にして、創刊号の巻頭は鷗外の戯曲「プルムウラ」、小説は木下杢太郎の「荒布橋」、啄木の「赤痢」、詩歌は白秋の「邪宗門新派体」、勇の「うすなさけ」、訳詩は上田敏の「母」などを掲載した。

四十三年八月、紀州新宮からきて日大専門部（法律科）に在学中の和貝彦太郎が、平出の法律事務所の事務員になった。二十四歳の和貝は、四十年三月から新詩社の同人で、「熊野実業新聞」の記者をしていたが、四十二年十一月に社主と対立して退職し、四十三年三月に与謝野寛を頼って上京したのである。

この年五月二十五日、信州明科で「爆裂弾計画」が発覚して、宮下太吉、新村忠雄らが逮捕され、東京グループの幸徳秋水、管野スガ、古河力作の逮捕になり、六月から紀州グループに飛び火する。

六月五日、大石誠之助を逮捕。

七月七日、高木顕明、崎久保誓一、峯尾節堂を逮捕。
七月十日、成石勘三郎を逮捕。
七月十四日、成石平四郎を逮捕。

平出修が、紀州グループの高木顕明と崎久保誓一の弁護を、私選で引き受けたのは、新宮町に縁のある与謝野寛に、八月中旬に頼まれたからだ。

明治三十九年十一月、「明星」を主宰する与謝野寛は、新詩社同人の吉井勇、北原白秋らと新宮を訪れ、地元の文化人らの歓迎を受けた。歓迎メンバーのなかには、大石誠之助、和貝彦太郎、佐藤梟睡（医師で春夫の父）らがいた。大石は十一月十二日付「牟婁新報」に、「今日は新詩社の与謝野氏ら一行がくるというので、われわれ有志は心ばかりの歓迎会を催す。これまで新宮の人が文人雅客を迎えるときは、カネで面を張って玩具にするようであったが、われわれはこの旧弊を脱して、趣味と真情の会話をしてみたいと思う」と書いている。

明治四十二年八月二十一日夕刻、新宮町の新玉座で「学術大演説会」がひらかれ、当日の「熊野新報」に広告が掲載された。

文学と女子教育　与謝野　寛（歌人）
ハイカラ精神を論ず　生田　長江（評論家）
裸体画論　石井　柏亭（画家）
その他新宮町の有志数名

主催は町民有志（大石誠之助、沖野岩三郎、和貝彦太郎ら）で、十銭の入場料を取り、聴衆は約二百人だった。しかし、定刻になっても講師が到着せず、夕食が長引いているとのことなので、新宮中学校四年生の佐藤春夫が、「偽らざる告白」と題して、飛び入りの演説をした。

「私の学業成績は、つねに数学が不可であり、文学書を多読する放縦を理由に、明治四十年の第三学年で、原級にとどめられた。しかし、私の悲劇とするところは、境遇にあらずして性格であり、世界における学問を、論理的遊戯とみなしている。そして私の信仰は、現実をもって十分ならずとも、ただ自己のみである。しょせん文学は、無思想主義の無目的で、虚無的なものにすぎないが、自己の信ずるところに向かって進むしかない。自己を知るものは、自己でしかないからだ」

十七歳の佐藤春夫は、この日に楽屋裏で、大石誠之助から「社会主義が実現すれば生計にゆとりができて、万民が一様に文学を楽しむ時代になり、文運は大いに盛んになるだろう」と言われて、「生計にゆとりができるのは結構だが、だからといって万民が一様に文学を楽しむとはかぎらない。今日とおなじように、一部の文学好きしか楽しまず、一般はほかの娯楽に走り、芸術そのものが娯楽化するだけかもしれない。社会主義の実現は望ましいことには違いないが、その結果として芸術が向上することを期待しない」と反論している。

ともあれ、この日の中学生の飛び入り演説は、「どんな教育を受けているのか」と話題になり、聴衆の一人の小学校教師が、「ロシアの虚無党を称賛し、社会主義の宣伝をした」と、新宮中学校長に通報した。このため夏休み明けの九月十五日に、新宮中学校は佐藤春夫を、無期停学処分にした。

これに学生たちが反発し、九月十七日付で学校側に、「詰問書」を提出した。新宮中学校では、共同学資金の使途不明が問題にされ、試験問題の漏洩も取り沙汰されていた。四年生が浜に集合して、「ストライキを強行してでも、級友の停学処分を撤回させる」と誓い合ったことが、「牟婁新報」の記事になった。

十一月四日から、新宮中学校（全校生徒五百人）は登校拒否のストライキに入り、十一月七日には町内の末広亭で、「新宮中学問題有志大会」がひらかれ、聴衆八百人の盛況だった。和貝彦太郎が実行委員の一人でもある大会では、大石誠之助が「奮起せよ父兄諸君」と題して演説し、成石平四郎も「師弟の道を誤る者は誰ぞ」の演題で登壇して、臨席の警部から途中で中止させられている。

和貝彦太郎は、新宮中学校を卒業して、男子高等小学校の教員をつとめたあと、「熊野実業新聞」の記者になった。紙名が示すように実業家が主な購読者で、和貝は教員の二倍の給料で誘われた。教員時代から同人誌「はまゆふ」を主宰し、「夕潮」のペンネームで発表しており、「明星」四十年三月号に初めて短歌が掲載され、新詩社の同人に迎えられた。和貝は早くから新宮の文学青年の指導者で、後輩の佐藤春夫と日常的に接しており、「熊野実業新聞」に発表の機会を与えていた。師の和貝から「潮鳴」の名を与えられた佐藤の短歌一首が、「明星」四十一年七月号に、石川啄木の選によって掲載された。

わが灯火七たび明りあなあはれ
　　七たび消えぬ風もなければ

これで注目された佐藤春夫は、四十二年一月の「スバル」創刊号に、啄木の推薦で短歌十首を発表している。

和貝彦太郎は、新宮中学校でストライキが発生すると、新宮キリスト教会牧師の沖野岩三郎らと調停委員になり、十日目の十一月十三日、佐藤の無期停学処分は解除された。その和貝が、十一月十八日に「熊野実業新聞」を退職したのは、十一月七日の「新宮中学問題有志大会」について、勤め先の新聞に「学校になんの関係もないヤジ馬たちが参加した」と揶揄する記事が載り、社主に抗議したところ、相手にされなかったからである。

新聞記者をやめた和貝は、大石誠之助が出資して沖野岩三郎が発行する雑誌「サンセット新聞」に短歌を発表するなどしたが、東京で法律を学ぶ希望もあったので、四十三年二月下旬に与謝野寛に手紙を書いて相談したところ、上京を勧める返信がきた。

四十三年三月中旬、東京へ出た和貝は、神田区駿河台東紅梅町の与謝野家に寄寓して、日大専門部の入学手続きをとった。四月から夜間部へ通い、与謝野家の書生として勉強に励み、七月下旬から夏休みに入り、参考書をかかえて帰省した。すると初日に、新宮警察署の高等視察係が訪れ、「あなたは社会主義者ではないようだが、いちおう名簿にあるので、職務上あいさつにきました」と慇懃無礼な態度だった。大石誠之助が東京へ連行され、その周辺の者が手入れを受けていることを、新宮町の人々は知っていても、まさか大逆罪とは思っていない。和貝にしたところで見当もつかず、家にこもってひたすら勉強していると、与謝野寛から手紙があって、「田舎にいては危険なので帰京せよ」と呼び戻され、八月下旬から平出法律事務所の事務員になった。

明治四十三年十月末、神田区北神保町の法律事務所で、和貝は平出弁護士から、新宮町の事情について聞かれた。

「佐藤春夫君の停学処分がきっかけの新宮中学校のストライキは、社会主義者が煽動したという噂が流れているが、実際はどうなのだろう？」

「社会主義者といっても、いろんな人物がいるので、だれを指しているのか、ちょっとわかりません」

「信州の新村忠雄という青年が、東京の平民社から新宮へ派遣され、ドクトル大石のところにいたのではないか」

「その新村君なら、私も面識があります。ドクトル方で薬局生をしていたとき、新宮中学生に接触して、社会主義の宣伝をしていました」

「そのとき佐藤君と、付き合いがあったのでは？」

「どうでしょうか。新村君も文学青年ですが、一知半解で薄っぺらなところがあり、少年ながら狷介な佐藤君は、寄せつけなかったと思います」

「新村忠雄が、佐藤君の飛び入り演説を聞いており、学校側の無期停学処分を知って、好機到来と喜び勇んで、ストライキを煽ったというんだが……」

「それはありません。昨年八月二十一日の学術大演説会があったとき、新村君は新宮を離れていました」

「どうして断言できる？」

「私が生まれたのは、新宮の南端にある三輪崎港で、いまも祖父母が住んでいます。与謝野先生らの演説会の前日、たまたま私が三輪崎へ用事があって行くと、バッタリ桟橋で新村君に会いました。東京の平民社に呼び戻されたと旅支度をしており、名古屋行きの汽船に乗りこんだので、手を振って別れたんです」

「それじゃ間違いないな。十一月にストライキがおきたとき、新村忠雄は、東京の平民社か郷里の信州にいたんだろう。そうすると、ストライキを煽った社会主義者がいたとすれば、だれを指すのだろうか」

「多少なりともストライキを煽った人物として、あるいは崎久保誓一さんが挙げられるかもしれません」

このとき和貝が、崎久保の名前を口にしたのは、四十二年九月に佐藤春夫が無期停学処分を受けた直後の「牟婁新報」に、新宮支局発の記事として「四年生が浜に集合して、『ストライキを強行してでも、級友の停学処分を撤回する』と誓い合った」とあるからだ。

崎久保誓一は、明治十八年十月十二日に三重県南牟婁郡市木村で、裕福な農家の長男として生まれた。父親の国蔵は、誓一が十歳のとき死亡し、祖父の良蔵に育てられた。大阪の泰西学館で英語を学び、東京へ出て早稲田高等師範の英語科に入ったが、中退して三重県に帰り、「紀南新報」の記者になった。三十九年十一月、与謝野寛ら一行が新宮を訪れる前に三重県に立ち寄っており、そのとき崎久保は歓迎会に出席した。四十年十一月、崎久保は恐喝罪で重禁錮二カ月に処せられて服役した。これは「紀南新報」が、紀州鉱山の鉱毒問題を取り上げたとき、先輩記者が鉱山側から三十円を受け取り、十円を崎久保に渡したとされる事件で、祖父に甘やかされて育った世間知らずがわざわいした。出所後に「滋賀日報」に入ったが、三重県南牟婁郡は旧藩時代は新宮藩の領内だったこともあって、新宮町の社会主義者たちに興味をもち、「牟婁新報」の新宮支局記者になり、ストライキ前後は張り切って記事を書いた。

「崎久保誓一君の前任者が、成石平四郎君です。成石君が支局記者だったころは、浄土真宗の浄泉寺が新宮支局でしたが、彼が熊野川の上流へ引っ込んだあと、支局はドクトル大石方に置かれて、ドクトルが記事を書いて送っていました。したがって、崎久保君が支局記者になってからは、ドクトル方の一室で生活しています。もっとも、今年三月までのことで、そのあとどうしていたかは知りません」

「それまで成石平四郎は、おとなしく田舎に引っ込んでいたか」

「さにあらずで、ストライキが発生した直後の新宮中学問題有志大会で、ドクトル大石とともに演説し、成石君は途中で弁士中止になりました」

「そうするとストライキを煽った社会主義者は、大石誠之助と成石平四郎ということになるのかな」

「しかし、ストライキは自然発生的なものともいえます。いやしくも新宮中学生ともあろうものが、社会主義者ごときに煽動されて、軽挙妄動するはずはありません」

「社会主義者ごとき?」

「ハッキリ言えば、ドクトル大石にしたところで、新しいものが好きなだけで、変わり者をもって任じている。信念の人というのではなく、自分の奇矯な言動により、鬼面人を驚かせるところがあります。それでいて資産家だから、東京の幸徳秋水や、大阪の森近運平も、カネ目当てに新宮へ足を運んだようです」

「そんなに儲ける医者なのか」

「金持ちからはふんだくり、貧乏人からは取らないという評判は、間違いありません。しかし、ドクトル大石の甥の西村伊作は、屈指の山林王ですから、カネに不自由しないのです」

「そんな甥がいるとはねぇ」

「ドクトル大石の長兄は、敬虔なカトリック教徒で、その妻が大山林地主の娘です。それで伊作は、美濃の大地震で両親が死んだあと、戸籍上は母親の実家に引き取られ、ドクトルが後見人になりました。伊作という名は、聖書に出てくるイサクにちなみます」

「なるほど、そういうことか」

「その伊作に、日露戦争で召集令状がきたとき、シンガポール経由でアメリカへ行かせたのが、ドクトル大石というわけです。平和主義者の看板をかかげて、徴兵逃れをさせたわけだから、評判がよいわけはありません」

「和貝君は、ドクトル大石が嫌いなようだな」

「いや、嫌いというのではなく、言うこととすることが違うから、距離をおいてみつめて、必要以上に近づかないようにしたのです」

「しかし、平和主義者が甥を徴兵逃れさせたのは、むしろ言行一致ではないかな」

「そうでしょうか。新宮でも戦場へ行きたくない一心で、山林伐採の作業中に、右手の指を切り落とした者もいます。そこまですれば、わからなくはないけれども、貧乏人は留学を口実に、わが子を外国へ逃がすことはできません」

「君は苦学して、新宮中学を卒業したそうだね」

「そのとおりです。佐藤春夫君より六つ年上ですが、学年が三つ上でしかないのは、働いて学資を貯めて入学したからです」

「新宮で小学校の教員になったり、新聞記者になったりしたのも、東京に出て法律の勉強をするためだったのか」

「そうではありません。私は新宮中学のストライキ問題では、解決のためにそれなりに奔走しました。新宮キリスト教会の沖野岩三郎牧師と、二人三脚を組んだといわれたほどです。それで無事に解決したあと、「サンセット新聞」という雑誌に短歌や評論を発表しているうちに、ドクトル大石一派とみなされるようになりました。このまま新宮にいては、自分も社会主義者に取り込まれかねない。それで新宮を脱出するために、与謝野先生にお願いして、今年三月に上京したようなわけです」

「ああ、そういうことなのか。君が日大の夏休みに帰郷したら、新宮警察が尾行をつけるというので、家にこもって一歩も外へ出なかった。しかし、どんな名目で引っぱられるかもしれないから、与謝野さんが心配して呼び戻して、私の法律事務所で働かせることにした。そのあたりの事情が、初めのうちよくわからないから、警視庁の刑事が事務所の周りをうろつくのを、怪訝に思ったわけなんだよ」

「申し訳なく思っています。新宮警察からの連絡で、要注意人物とみなしているのでしょうが、誓って社会主義者ではありません」

「べつに詫びるようなことではない。明星派の歌人の和貝夕潮が、社会主義者でないことはわかっている。そこで聞いておきたいのだが、いつか君は、高木顕明と崎久保誓一について、無実を信じていると言ったね」

「はい。そのように申し上げました」

「それはなぜなのか」

「高木顕明さんのことは、早くから知っています。崎久保誓一君とは、新宮中学ストライキ前後からの知り合いです。あるいは彼らは、社会主義かぶれなのかもしれませんが、無政府主義者とは思えません。その人柄を知るものとして、大逆の陰謀に加担するなんてことは、ありえないと信じています」

「真宗大谷派の僧侶の高木顕明と、早くからの知り合いだと言ったね？」

「いいえ。知り合いというよりも、浄泉寺でひらかれる談話会を、中学生のころ覗いたことがあり、住職に興味をもつようになったのです。その談話会の講師を、東京の幸徳秋水や大阪の森近運平がつとめたこともあり、地元の大石誠之助や沖野岩三郎は、まるで専任のようでした」

「ちょっと待ってくれよ。沖野岩三郎は、新宮キリスト教会の牧師だろう。浄土真宗の寺で談話会の専任講師とは、どういうことなのか」

「そこがふしぎといえば、ふしぎなんです。ただいえることは、日露戦争のさなかに、新宮町内の各宗派の寺院が戦勝祈願の祈禱をしたとき、浄泉寺の住職だけが、『わが宗旨は絶対他力だから祈禱禁厭は禁じられている』と参加せず、他の宗派から国賊視されています。そのころ沖野さんは、東京の明治学院神学部の学生でしたが、新宮へ伝道に来て聞き知り、高木さんのことを尊敬して、明治四十年六月に牧師として赴任してから、ひんぱんに浄泉寺に出入りするようになりました。これは沖野さんから、私自身が聞いた話です」

「それほど高木顕明は、ふところの深い坊さんなのかな」

「こういう人を、融通無碍（ゆうずうむげ）と称すべきかもしれません」

高木顕明は、一八六四（元治一）年五月二十一日、愛知県春日井郡下小田井村で生まれた。山田佐吉の三男で、妻三郎と名づけられ、東本願寺系の真宗教校を卒業し、十六歳で得度したとき山田顕明を名乗る。明治二十六年十二月、西春日井郡平田村の道仁寺住職の高木義答の養嗣子に迎えられて高木顕明になり、三十二年十二月、新宮町の浄泉寺住職に三十五歳で就任した。四十年三月、妻タシとのあいだに子どもがないので、養女を迎えている。

浄泉寺は、一六二〇（元和六）年に水野重央（しげなか）が、遠州浜松から転封して新宮藩主になったとき開基され、水野家の菩提寺として待遇された。この転封に際して、馬具製造職人や処刑人など被差別民が藩主に同道した関係で、高木顕明が住職になったころの門徒百八十人のうち、百二十人までが被差別部落民だった。

明治三十七年四月、遠州浜松にちなむペンネーム「遠松」の高木顕明は、「余が社会主義」の草稿を書いた。

余が社会主義とは、カール・マルクスの社会主義をうけたのではない。トルストイの非戦論に服従したのでもない。幸徳秋水君や堺利彦君のように、科学的に解釈をあたえて、天下に鼓吹するという見識もない。けれども余は、余だけの信仰があり、実践していく考えであるから、それを書いてみた。

*　*　*

社会主義とは、議論ではなく実践法であり、現行の社会制度をどしどし改良して、根本的に変えなければならない。この実践は、政治より宗教に関係が深いと、余は考えている。信仰の対象となる教義は、すなわち南無阿弥陀仏である。これは救済の声、闇夜の光明、絶対的平等の保護であり、弥陀の目的は、主として平民に幸福と慰安を与える、偉大なる叫び声なのだ。

余の理想の人は、第一には釈尊である。帝位を捨てて僧となり、人の苦を抜き楽を与えるために、終生を三衣一鉢で、菩提樹の下に終わる。その臨終におよんでは、鳥畜類まで別れを惜しんだとは、じつに霊界の偉大なる社会主義者ではないか。日本では親鸞が、じつに平民に同情があつく、平等な生活をした社会主義者と考えている。この点より余は、仏教は平民の母にして、貴族の敵なりと言う。

理想世界の極楽では、社会主義が実行されている。極楽世界には、ほかの国を侵略したという話も、義のために大戦争をおこしたという話も、いっさい聞かれない。よって余は、非戦論者である。

しかしながら、ある一派の者の名誉とか爵位とか勲章とかのために、一般の平民が犠牲になる国に、われわれは棲息している。あるいは、投機事業をする少数の者の利益のために、一般の平民が苦しめられる社会である。富豪のために貧者は、獣類視されているではないか。飢えに叫ぶ人あり、貧のために操を売る女もあり、雨に打たれる小児もある。富者や官吏は、これを玩弄物視し、これを迫害・苦役し、みずからの快楽としているではないか。

じつに濁世である。苦界である。闇夜である。悪魔のために、人間の本性を殺されている。この闇夜の世界に立ち、救いの光明と平和と幸福を伝道するのは、われわれの大任務をはたすためである。願わくばわれらとともに、この南無阿弥陀仏を唱えたまえ。今しばらく、戦勝をもてあそび、万歳を叫ぶことをやめよ。なんとなれば、南無阿弥陀仏は平等に救済したまう声だからである。

諸君よ、願わくばわれらとともに、この南無阿弥陀仏を唱えて貴族的な根性を捨て去り、平民を軽蔑することをやめ、生存競争の念をはなれ、共同生活のために奮励せよ。なんとなれば、南無阿弥陀仏を唱える人は、極楽の人だからである。

このように、念仏に意義のあらんかぎりの心霊上から進み、社会制度を根本的に一変するのが、余が確信する社会主義である。

和貝彦太郎は、平出修に説明した。

「私は高木さんから、『檀家の者がどぶ浚いをしたり、下駄の鼻緒をすげかえてもらったカネを、せっせと寺に寄進する。その上にあぐらをかいている生活は、とても耐えられない。いっそ自分がアンマになって稼ぎたい』と、しみじみ聞かされたことがあります。それで実際に高木さんは、アンマに教えを請うています」

「アンマで稼いだ？」

「そこまではしなかったようですが、本堂で門徒を寝かせて肩や腰をもんでいるのを、見かけたことはあります」

「ほかに高木顕明について印象的なことは？」

「直接行動派に批判的で、『ぼくの社会主義は、絶対に暴力的な手段を非とする』と、くどいほど言っていました。自分の生まれ年が、新撰組の池田屋騒動がおきた元治元年であることを気にして、『往来を肩で風を切って歩く連中は怖い』と漏らしていました」

「元治元年生まれなら、満で四十六歳になる」

「ドクトル大石より、三つも年上なんです。そんな年寄りを逮捕し、新宮から東京まで連行して、どんな取り調べをしているんでしょう。高木さんは怖がり屋だから、官憲にがんがんやられたりすると、ひとたまりもないかもしれません」

「さっきの話だと、日露戦争の戦勝祈願の祈禱に参加することを、断乎として拒否しているじゃないか」

「宗教上の問題で、おなじ土俵での論争だから、信念を貫けたんだと思います。しかし、新撰組のような官憲に脅されたら、あることないことしゃべらされるかもしれない。だから私は、自分も引っぱられるんじゃないかと、ビクビクしていたんです」

「もう心配することはない。すでに予審は終結に向かい、新しい逮捕者はないと聞いている。それでついでに聞くが、もう一人の僧侶の峯尾節堂は、どういう人物なのか」

「峯尾君と私は同級生で、高等小学校を卒業すると、新宮の臨済宗松巌院の小僧になり、のちに京都の妙心寺で修学して、三重県南牟婁郡相野村の泉昌寺の居留守僧になりました。しかし、浄泉寺の高木顕明さんが群鶏の一鶴なら、峯尾節堂君は俗物中の俗物で、新宮の遊廓の女に入れ揚げるなど、ロクな噂は聞いていません」

「いろんな坊さんがいるようだね」

平出修は苦笑して、和貝彦太郎への質問を終えた。このとき和貝が知らされていたのは、大石誠之助が、政友会の領袖でもある代議士の鵜沢聡明弁護士に、私選弁護を依頼していることだった。また、成石平四郎は、中央大学の法律学専門学科を卒業しているから、同窓の半田幸助弁護士に、兄の成石勘三郎とともに依頼した。峯尾節堂には、花井卓蔵、今村力三郎、磯部四郎が国選で付いたとのことだった。

明治四十三年十一月九日、検事総長の松室致は、大審院の予審が終結したので、新聞記者を集めると、「事件の全貌」を発表した。

十一月十日付「東京朝日新聞」は、「大陰謀の動機」の見出しで、およそ次のように報じている。

《幸徳秋水ほか二十五人が、今回の大陰謀をなすにいたった動機は、明治三十八年十一月、秋水がアメリカのサンフランシスコへ渡航したところにある。サンフランシスコで、社会主義者たちと交わった秋水は、個人の絶対自由を理想とする無政府主義を、信ずるにいたった。そこで秋水は、同地に在留する日本人たちに鼓吹し、明治三十九年五月ころ、社会革命党なるものを組織して、本邦の主義者と気脈を通じ、相呼応して主義の普及をはかる計画を立てた。三十九年六月に帰国した秋水は、直接行動論を唱えはじめた。さらに、現今の国家組織を破壊して、その理想を実現することを欲し、無政府主義の権威であるクロポトキン著『パンの略取』を翻訳出版するなど、さかんに鼓吹につとめ、多数の支持者をえたことから、その言説は、ますます過激になった。四十年二月十七日、東京・神田の錦輝館における日本社会党大会で、ついに直接行動をとることを、公然と主張した。いわゆる直接行動とは、議会政策を否認して、総同盟罷工、破壊、暗殺などの手段をもち、その目的を果たそうとするものである。秋水らは、初めは秘密出版などの方法で、その主義の普及をはかり、ついに進んで過激な手段をとるにいたった。四十一年六月、郷里の高知県で無政府主義の著述をしていた秋水は、七月に郷里を出発して、紀州新宮および箱根に立ち寄り、同志に暴挙を決行することをはかった。そして八月に上京し、しばしば同志と会合した末に、主義を普及する手段として、今回の陰謀をくわだてたのである》

明治四十三年十一月二十五日付「東京朝日新聞」に、「無政府事件公判準備」の見出しにより、「一件記録は大審院書記課において、ことごとく謄写版で印刷を終わり、一昨日、今村、花井、磯部、鵜沢、平出その他の弁護士に配付したが、その書類はすこぶる多量で、積み上げると身長に達するという」と、記事が載った。

平出修と和貝彦太郎は、十一月二十三日に大審院へ行き、十七冊に分けられた約七千ページのガリ版刷りの訴訟記録を、書記官から渡された。

「この一件記録は、あくまでも貸与するものだから、公判終了後は、すみやかに返却してください」

そう念を押されて、二台の人力車に分乗し、北神保町の事務所へ帰った。このとき刑事も、二台の人力車で前後をはさんだが、「逆徒の弁護を引き受けるとはけしからん」と脅迫状が舞い込むようになったので、身辺の警護が目的とのことだった。

この膨大な書類を、ひとまず事務所内に運び込んだあと、しばし平出は呆然としている様子だった。

「初公判の十二月十日までに、とても読み通せないだろう。大審院のやり方は、あまりにも性急すぎて、まともな弁護活動はできそうにない」

「なぜ大審院は、そんなに急ぐのでしょうか」

和貝としても、啞然たる思いである。

折しも平出は、四国の山林地主に依頼された民事訴訟をかかえて、多忙をきわめていた。私有林だったものが、いつのまにか国有林にされていたので、国を相手取った行政訴訟をおこすために、八月中旬まで高知県へ出張していた。その総仕上げのさなかとあって、時間がいくらあっても足りない。

その平出が、気を取り直すように言った。

「今回の事件は、法律的にみたとき、弁護の余地がないように思える。そのため思想論でいくつもりで、ヨーロッパの社会思想にくわしい鷗外先生に、教えを請うことにした。与謝野さんを通じてお願いしたら、時間をくださるという」

「法律的には、弁護の余地がないのですか」

「いや、いまのところ予断と偏見で、そう思っているだけだ。そこで和貝君に頼みがある。これから君が、この書類の山に取り組み、すべてに目を通して、重要と思われる部分に、朱を入れてもらいたい。その部分を私が、読めばよいことになる」

「かしこまりました。さっそく取りかかります」

和貝としては、弁護士をめざして勉強中なのだから、こんな重要な役目をまかされて、すっかり感激した。

石川啄木は、明治四十二年三月から、同郷の先輩である東京朝日新聞社の佐藤北江（ほっこう）編集長の厚意により、校正係に採用されていた。

四十三年十一月中旬、二十四歳の啄木は、朝日新聞社の原稿用紙に書いた。

《幸徳秋水ら、いわゆる無政府共産主義者の公判開始がせまってきた。事件が事件であるだけに、思慮ある国民の多数は、皆が特別な意味をもって、この公判の結果に注目しているだろう。余もその一人である。余はいまだ、この事件の内容をくわしく知る機会がないけれども、検事の発表したところや、巷間の風説に誤りがなければ、その犯行計画には、まったく弁護の余地がなく、国民として、憎みてもあまりある破倫無道の挙である。また、文学者としての立場から、これを客観的にみても、ほとんど常識を失した狂暴な沙汰であり、なんら同情するところはない》

このころ啄木は、函館から家族を呼び寄せて、本郷弓町の床屋の二階で生活していた。四十一年春に、単身で上京したときは、小説を書いて流行作家になる意気込みだったが、次々に作品を発表しても、文壇から認められない。四十二年二月号「スバル」は、啄木の責任編集で、詩歌を中心とする誌面を、思い切って散文中心にして、巻頭は木下杢太郎の戯曲「南蛮寺門前」で、与謝野晶子の戯曲「損害」、啄木の小説「足跡」を載せ、短歌は小さな活字で組んだから、平野万里から抗議を受けた。

朝日新聞社の校正係になってからは、それなりに生活も安定したが、「スバル」の同人とはきしみが生じた。「友がみなわれよりえらく見ゆる日よ／花を買ひきて／妻としたしむ」と、実生活の三行書きの短歌が話題を呼び、社会部長の渋川柳次郎によって、朝日歌壇の選者に抜擢されたが、鬱々と心楽しむことのない日々だった。

明治四十三年十一月十八日、弁護士の今村力三郎は、東京監獄に収容されている大石誠之助から、一通の書状を受け取った。三十歳のころ裁判官として働いた今村は、二年間でやめて弁護士に戻ってからは、「ヒラ弁護士」を自称して、学問的論文などを書くことをせず、政府の委員会にも参加していない。その姿勢に大石は共感しており、「ぜひ今村先生に読んでいただきたい」と、書き送ったのである。

＊　＊　＊

社会主義と無政府主義に対する私の態度について

私の青年時代は、ずいぶん複雑な境遇で、大いなる失敗や、悲しむべき堕落もしたものですが、明治二十三年に志を立ててアメリカへ渡り、労働のかたわら勉強してオレゴン大学の医科を卒業し、帰国後に郷里で開業してからは、幸い世の信用を受け、医師として相当の地位をうることになりました。

そうして三十二年春に、伝染病学などを研究するためインドのボンベイ大学へ行き、二年後に帰郷してふたたび開業してからは、いっそう業務のほうも多忙になり、人の尊敬も受け、平穏な家庭をもつくりましたので、私の生涯にとって得意の時期に入りました。私自身としては、社会から恩恵を受けても、決して迫害などされておりません。

しかし、明治三十七、八年ころ、片山潜らが出していた雑誌「社会主義」や、幸徳秋水や堺利彦らが発行した週刊「平民新聞」をみて、社会主義というものに興味をもち、これによって現行の社会制度の欠陥と、貧者・弱者の哀れなことを感じたのですが、淡いセンチメンタリズムのようなものでした。

したがって私は、口で社会主義を唱えても、これに打ち込んで自分を投げ出すのではなく、ただ一種の趣味として、あるいは道楽として、楽しんでいたにすぎません。私の地位からして、いまの社会制度に反抗する必要はなく、親戚にはかなり裕福な人もおり、それより受ける利益からいっても、富者に心から憎悪をいだくことは不可能なことで、一般の社会主義者らが固執する考えとは、おのずと異なるものです。

こんどの幸徳秋水らの革命運動の思いつきは、「赤旗事件」の復讐であるとか、弔い合戦であるとかいうことを、取調官から聞きました。しかし、遠く地方にいる私にとっては、政府の迫害を受けたこともなく、「赤旗事件」そのものが憤慨のタネになっていません。

私が社会主義者を助けたことは、一面において事実ですが、彼らと運動計画を立てたり、実行の応援などはしていないのです。いつも彼らから求めてきたので、失業者を家に置き、入獄者の留守宅をあわれんでカネを与え、新聞の発行資金の募集に応じたこともあります。これらは一種の「道楽」あるいは「遊び心」からやったことで、地方の有志とか紳士とかと交際してカネを使う代わりでした。

私は社会主義や無政府主義にたいし、理想と実行を切り離して考えました。したがって、主義を鼓吹するについても、公開の談話会や演説で述べたり、新聞や雑誌に寄稿したほかは、実行に手をつけたことはありません。みずから「医者は幇間のようなつまらぬものだ」と罵りながら、実際は世俗の医者とおなじように、病人の歓心を買うことにつとめていました。

また、「いまの家庭は不都合だ」と言いながら、実際は自分の家庭を尊重しています。これについて紀州からきている被告人の某が、「大石は家庭破壊論などを口にしてきたけれども、自分の家庭を大事にしている」と、嘲笑の意味で言ったということを、検察官から聞かされたことがあります。

主義の実行ということは、私にとって一つの恐怖でありました。ほかの者がそんな話をはじめると、私はなるべく避けて、聞かないようにしました。新村忠雄が私方に滞在中、しばしば青年たちと話し合ううち、過激な点におよぶ場合には、その場をはずして耳に入れないようにしたものです。

明治四十一年十一月、東京の平民社で幸徳秋水から聞いた暴力革命のことを、翌年一月末に新宮の同志四人に話したときも、私は途中で席をはずしたので、そのあとどんな話が出たのか、結果がどうなったか、じつは知らないのです。私は他人の訪問を受けて話しているとき、その話に飽きたり、気に入らなかったりすると、「ちょっと病人をみなければならぬ」とか「クスリをこしらえねばならぬから」とか言って、退席することがよくあります。

社会主義者との談話中も、彼らは気づかなかったでしょうが、こんなことで過激な話を聞き漏らしたことは、しばしばあっただろうと思います。新村忠雄が、私の家を去ってからよこした手紙なども、あまり長いものやわかりにくい字を並べたものは、いちいち読み終えずに捨てたものもあります。

私は終日ほとんど休みなく、業務と家事に忙しかったので、社会主義に心をかたむけている余裕がなく、うわべはともかく心のうちでは、さほど熱心に遇していたのではありません。しかし、多くの社会主義者たちは、私が家庭や業務や親戚との関係もなげうち、主義に尽くすと思っていたかもしれず、それは私が口や筆によって理想を絶叫することが多かったのと、たまたま彼らが実行談におよんだとき避けて明確に反対しなかったためです。

この点において、彼らをして私というものを買いかぶらせ、誤解させてしまいました。私のほうから好んで誤解させたというよりも、誤解するところにまかせていました。つまり私は、同志に向かっては偽善者であり、国家や制度にたいして偽悪者だったのです。

幸徳秋水の革命説について、私があやふやな考えをいだきながら、ほかの同志たちに話したことを、予審法廷で河島台蔵判事から、「それは友を売るというものだ」と喝破(かっぱ)されました。この私の矛盾性、あるいは二重人格のようなものが、今日こうして相互の上に大きな結果をもたらしたものであって、私は十分に彼らに謝罪しなければならないと思います。

なお、こんどの事件について、検察官や予審判事の取り調べを受けたとき、私が忘却していたために否認したり、あとで相手方の話を聞いて思い出したりしたことが、たくさんあります。私自身も、どうして忘れていたのか怪しむほどですが、それは故意に隠したものではなく、当時そのことについて十分に注意を払っていなかったからだと思います。これは私の性質かもしれませんが、同志と交際しているあいだも、業務や家庭のことを考えて、あとで要領をえないことがしばしばありました。

つまりこれらは、私の主義にたいする態度というものが、実際は他人のみるところと、大いに異なっているからだと思います。ほかに事件に関する事実や、調書に記されていることについての話は、お目にかかった上のことに致します。

敬具

明治四十三年十一月十三日

大石誠之助

今村力三郎弁護士殿

明治四十三年十二月十日（土曜）午前十時四十五分から、麴町区西日比谷の大審院一号法廷で、第一回公判がひらかれた。一般傍聴券は、午前六時から百五十枚を交付するというので、未明から学生らが行列をつくり、時間がくるとたちまちなくなった。大審院の赤レンガの建物の周辺は、憲兵五十人と警察官三百人がかためている。午前八時に正門が開き、構内に入った百五十人の傍聴希望者は、玄関口で所持品の検査とボディチェックを受け、開廷まで廊下で待たされた。

牛込区市ヶ谷の東京監獄に収容されている被告人たちは、午前四時三十分に起床し、五時までに朝食をすませた。護送馬車は八台なので、二十六人を二回に分けて大審院へ運ぶことになり、五時四十五分に一回目が出発した。先頭の馬車には巡査部長と看守が乗り、二台目から幸徳秋水、管野スガ、大石誠之助、奥宮健之、森近運平、新村忠雄の順に一人ずつ看守に付き添われて乗りこみ、八台目は看守長だった。

護送馬車の前後にある網窓には、白い布がかけられて、被告人は外の景色を見ることができない。市ヶ谷の監獄を出発し、片町の交差点から陸軍士官学校前の坂を上り堀端へ出て、四谷見附から左へ曲がって麴町通りを通過し、永田町一丁目、日比谷公園前をへて、大審院の不浄門に入った。この馬車を途中で見送っていたのは、紀州新宮から十二月初めに上京した大石誠之助の妻エイで、本郷の旅館に投宿して監獄に差し入れに通い、面会も叶えられていた。

先発組を降ろした馬車は、ただちに市ヶ谷へ引き返した。そうして二回目の馬車は、残りの被告人を二人ないし三人ずつ乗せると、午前七時二十五分に出発し、おなじコースを通って、八時十分に大審院に到着した。

十二月十一日付「時事新報」は、「厳戒のなかの大審院公判／武装せる公判廷」の見出しで、開廷前の様子を報じた。

《午前九時五分、一号法廷の傍聴席入り口が開けられ、新聞記者、一般傍聴人の順に入廷した。見れば麴町署長以下十五名の警官が、傍聴席の三方（一方は壁）を取り囲み、被告席に向かってはさらに八名の警官があり、公判廷は武装せるなり。まもなく書記官らによって、うずたかい一件書類が運び込まれた。九時三十五分、被告人の入る左手の扉がひらかれ、真っ先に立つのは幸徳秋水で、悠然として菅笠を脱ぐ。血色はやや悪いが、べつに悪びれた色もなく、鼻下にたくわえたヒゲをひねりつつ進む。身には橘の五紋のついた黒の羽織に、茶ネズミ色銘仙の綿入れ、茶色仙台平の袴をはき、凍傷にかかったのか右耳に白色のクスリを塗っている。続く森近運平は、抱き茗荷三紋の羽織を着流し、奥宮健之は黒七子（くろななこ）に三ツ引き五紋の羽織、米沢の綿入れに仙台平の袴である。こうして順次、一名ずつの看守をはさんで着席したが、元僧侶の内山愚童は既決の囚衣をまとった小柄な体の肩を怒らせ、傲然として入廷する面目はもっとも人目を惹く。次いで紅一点は管野スガで、髪を銀杏返しに結び、お納戸色の紋羽二重に、幸徳

秋水とおなじ紋をつけた羽織、伊勢崎矢がすりの綿入れの下に友禅模様の襦袢を着て、薄化粧をしたかにみえるまでの血色なり》

午前十時二十五分、花井卓蔵、今村力三郎、磯部四郎、鵜沢聡明、平出修ら十一人の弁護人が入廷し、被告席のうしろに着席した。この弁護人席にも、巡査が配置されている。午前十時四十分、黒い法服をまとった鶴丈一郎裁判長が、陪席判事の志方鍛、鶴見守義、末広巌石、大倉鈕蔵、常松栄吉、遠藤忠治をしたがえて入廷した。それと同時に、松室致検事総長が、公判立ち会いの平沼騏一郎検事、板倉松太郎検事らと検察官席にすわった。政府関係者の特別傍聴席には、東京地方裁判所の鈴木喜三郎所長、小原直検事、武富済検事らが並んでおり、陸軍軍医総監の森鷗外の軍服姿もみられた。

午前十時四十五分、鶴裁判長が開廷を宣して、人定質問がおこなわれた。氏名、職業、生年月日、本籍、現住所をたしかめるだけだが、人数が多いから時間がかかる。二十六番目に内山愚童が、「職業は僧侶でしたが、曹洞宗本山より破門されたから喜んで受け、現在は無職です」と答えて、ようやく終わった。

午前十一時八分、裁判長が告げた。

「本件の事実審理の公開は、安寧秩序に害があるから、公開を停止するものとする。今後の裁判続行も、公開はしない」

新聞記者席には、法廷スケッチの画家もまじり、あわただしく鉛筆を使っていた。しかし、開廷からわずか二十三分間で、すべての記者が、百五十人の一般傍聴人とともに、法廷から退去させられた。

午前十一時二十分から、松室検事総長が立ち、「被告人の人数も多く、事実も錯綜しているので、公訴事実の陳述はなるべく省略し、詳細は各被告人にたいする尋問のあと、検察官が意見を述べる」と、立証の骨子を示した。

【検事総長の冒頭陳述】

幸徳秋水以下二十六人は、かねてより社会主義のなかの無政府共産を主張するもので（一、二の例外はあるが）、本件の発生以前から、その信仰するところの主義を、わが国に実行することを計画していた。本件の事実は、この計画にもとづき、大逆罪の実行および陰謀をくわだてたものである。

明治四十一年十一月、幸徳秋水が巣鴨の平民社にいたとき、大石誠之助と松尾卯一太は、べつに約束をしていたわけではないが、たまたま同時期に秋水を訪問し、「赤旗事件の同志が出獄のときを期し、数十人の決死の士をつのり、爆裂弾またはその他の武器により暴挙を決行して、諸官省を焼き大臣を暗殺し、二重橋にせまって大逆罪をおこなう」と、秋水の発議により、陰謀をくわだてた。このころ森近運平は、秋水方に同居していたので、秋水、運平、誠之助、卯一太において順次に、大逆罪の陰謀が成立した。さらに秋水は、新村忠雄、坂本清馬、管野スガに、次々に計画を打ち明け、それぞれ謀議が成立した。

十一月下旬、大石誠之助は東京を出発し、大阪市に立ち寄り、西区の村上旅館に宿泊して、武田九平、岡本穎一郎、三浦安太郎を招いて陰謀を伝え、この計画に三人が同意した。四十二年一月、新宮町に帰った大石誠之助は、自宅に成石平四郎、崎久保誓一、高木顕明、峯尾節堂の四人を招き、陰謀を伝えたところ、四人は「決死の士」になることに同意した。そのうち平四郎は、同意しただけでなく、予備のために実兄の成石勘三郎に計画を打ち明け、大逆罪の実行に必要な爆裂弾の製造を頼んだところ、勘三郎は暴挙に同意して、その製造に着手した。

四十一年十二月、熊本へ帰った松尾卯一太は、新美卯一郎に陰謀を伝え、その同意をえた。四十二年三月、卯一太は自宅に招いた佐々木道元、飛松与次郎に陰謀を伝えて、「平民評論」の読者から「決死の士」をつのることを相談した。

坂本清馬は、幸徳秋水方に寄食していたとき、陰謀に賛同したが、そのあと秋水と不和が生じ、単独で各地をまわり、四十二年八月に熊本へ行き、松尾卯一太方に寄宿して、卯一太や飛松与次郎に過激な説を唱えた。十一月に東京へ帰ると、清馬を中心とする暗殺団体をつくり、秋水と同意した陰謀を実行するために、爆裂弾の製造に着手した。

四十二年一月十四日、内山愚童は、巣鴨の幸徳秋水方へ行ったとき、秋水から爆裂弾の製造計画を聞かされた。このとき愚童は、初めて計画を知ったのではなく、以前から知っていたが、初めて同意した。のみならず愚童は、「天皇は警戒がきびしいから困難だが、警戒のゆるやかな皇太子なら容易ではないか」と提案した。五月二十二日、内山愚童は、神戸市において岡林寅松、小松丑治に会って陰謀の計画を伝えたところ、寅松と丑治はハッキリ賛成しなかったが、爆裂弾の製造方法を教えた。

四十二年二月十三日、宮下太吉が上京し、巣鴨で森近運平に会い、爆裂弾で大逆罪を犯す計画を打ち明けたところ、運平は「自分は実行するわけにはいかない」と断って、古河力作を推薦した。六月、宮下太吉は、明科へ転勤の途次に千駄ヶ谷に幸徳秋水を訪ねて、秋水から、新村忠雄と古河力作がくわわることを知らされ、明科へ赴任してから、専心して爆裂弾の製造に従事した。七月、宮下太吉は、紀州新宮の新村忠雄に、薬品の送付を書信で頼み、忠雄はこの手紙を大石誠之助に見せ、誠之助の承諾をえて、塩素酸カリ一ポンドを購入し、信州の太吉に送った。

四十二年九月上旬、幸徳秋水、管野スガ、新村忠雄の三人は、「四十三年の秋季を期して爆裂弾をもって皇居を襲う」と決定した。この「皇居」というのが、大逆罪である。忠雄は、秋水とスガの内意を受けて、信州へ帰郷し、宮下太吉に陰謀を伝えた。このとき宮下太吉は、新村忠雄に、「爆裂弾の製造について、実験家の説を聞いてからやりたい」と頼み、鶏冠石を粉にする薬研の借り入れを頼んだ。新村忠雄は、薬研の借り入れを、実兄の新村善兵衛に頼み、一方で幸徳秋水に、「実験家に聞いてもらいたい」と頼んだ。このため秋水は、奥宮健之に依頼した。新村善兵衛は、その使用目的を知りながら、西村八重治から薬研を借り受け、宮下太吉へ送った。

四十二年十月、幸徳秋水は、千駄ヶ谷の自宅に古河力作を呼び、大逆罪決行の計画を打ち明けた。このころ奥宮健之は、大逆罪の計画を知りながら、爆裂弾の製造方法を幸徳秋水に伝え、秋水は新村忠雄に伝え、忠雄は宮下太吉に伝えた。十月中に宮下太吉は、新田融に薬研を預けておいて、そのあと融方で鶏冠石を粉末にし、大石誠之助方から送ってきた塩素酸カリと調合して、小豆大の小石を若干入れ、ブリキの小鑵に詰め、十一月三日に試発した。爆裂弾の効果はいちじるしく、新田融が薬研を預かったうえで、爆薬製造に加担したのは、その目的を知っていたからである。

四十二年十二月三十一日、宮下太吉は、小鑵と爆薬を持って上京し、千駄ヶ谷の幸徳秋水方へきて、四十三年一月一日、秋水、管野スガ、新村忠雄と四人で、試用をした。一月二日、幸徳秋水、管野スガ、新村忠雄の三人は、古河力作を秋水方へ呼び、爆薬と小鑵の説明をした。一月二十三日、管野スガ、新村忠雄、古河力作、幸徳秋水の四人は、かねての計画を、同年秋季に決行することを定め、着手の順序・方法などを記し、忠雄は鉛筆で道筋を指示した。二月、新村忠雄は、宮下太吉方を訪れ、一月二十三日に決定した結果を太吉に報告した。四月下旬、新村忠雄は、管野スガによる「爆裂弾の試験は好結果とはいえ、なお一度の試験を要す」との発議にもとづき、姨捨(おばすて)ステーションで宮下太吉と落ち合ったが、実験場所がなく中止した。

四十三年五月中旬、管野スガは、罰金換刑の執行を受けて入獄する前夜において、新村忠雄、古河力作と三人で、実行の着手者を定めた。まもなく本件が発覚し、宮下太吉、新村忠雄らは勾留されたが、古河力作はこれを知らず、忠雄に発信して、「秋に大逆罪を決行するには練習を必要とするので、小鑵を送ってほしい」と申し込んだ。

正午、検事総長の「冒頭陳述」が終わり、休憩に入った。午後一時二十分に再開し、宮下太吉、新村忠雄の順に、裁判長の問いかけに答えるかたちで供述して、午後四時十分に閉廷した。

【宮下太吉の供述】

社会主義者になったのは、明治四十年からで、好奇心にかられて「平民新聞」を読んだのがきっかけである。同年十二月、大阪の森近運平を訪問して、いろんな話を聞かせてもらった。四十一年十一月三日、『入獄記念／無政府共産』が、五十部郵送された。このときは、著者が内山愚童とは知らない。十一月十日、亀崎から大府へ行き、天皇の御召列車を拝観する人たちに小冊子を配って無視され、皇室を尊敬するのは迷信だと思った。

四十二年二月十三日、東京・巣鴨の幸徳秋水を訪問し、自分の決心を告げた。森近運平にも会い、古河力作のことを聞いたが、決行する仲間として推薦されたわけではない。この時点では、爆裂弾の製法を知らなかったが、亀崎鉄工所の同僚である松原徳重から、花火の「流星」の製法を聞き、幸徳秋水に知らせたら、管野スガから返信があった。六月、亀崎から明科へ転勤するとき、千駄ヶ谷の平民社に立ち寄り、幸徳秋水と管野スガに会った。このときは、「もし事をやるなら一緒にやろう」というだけの話だったが、「新村忠雄なら役に立つ」と聞いた。自分が天皇に危害をくわえる計画を立てたのは、四十二年二月十三日、巣鴨の平民社を初めて訪ねたときからである。

【新村忠雄の供述】

明治四十二年二月四日、前橋監獄を出所して、二月五日から巣鴨の幸徳秋水方に住み込んだ。そのころ宮下太吉がきて、秋水と会見している。三月十八日、巣鴨の平民社をたたんで、千駄ヶ谷へ移った。三月二十九日、東京から新宮へ向かった。七月に宮下太吉から、「爆裂弾をつくって天子を斃す」という手紙がきたので、大石誠之助に見せたら、「フン」と答えただけである。しかし、新宮に着いてまもなく、四月五日ころ大石に、「幸徳から、宮下という者が爆裂弾をつくり、元首を斃すことを計画していると聞いた」と話しておいた。ただ、爆裂弾をつくってなにかするという考えは、抽象的には皆がもっていた。成石平四郎とも、その話をしきりにしたが、宮下太吉の計画にはふれておらず、具体的な計画ではなかった。

明治四十三年十二月十二日（月曜）午前十時三十分から、第二回公判がひらかれ、昼休みをはさんで、午後四時二十分までおこなわれた。

【管野スガの供述】

明治四十年二月、幸徳秋水の著述によって、無政府共産主義を知り、四十一年六月、純然たる無政府主義者になった。わが国には思想の自由がなく、言論出版や集会も迫害され、生活の自由さえ奪われる。裁判は不当であり、貧富の格差はひらくばかりで、十二月から、暴力革命を考えるようになり、皇室を廃すべきだと信じ、機会があったので秋水に打ち明けたところ、秋水は同意して、爆裂弾をつくる相談をした。

四十二年二月、宮下太吉が巣鴨の平民社を訪ねて、爆裂弾をつくる計画を明かしたと聞き、非常に喜んだ。五月、宮下から「爆裂弾の製法がわかった」との手紙が届いたことを、秋水から聞かされて、「成功を喜ぶ」という返事を、私が書いた。六月、宮下が千駄ヶ谷の平民社へきたとき、秋水と私の三人で計画を相談し、新村忠雄、古河力作も、同志にくわえるべきだと話した。このころ忠雄は、新宮の大石誠之助方にいたから、私が「帰京せよ」と発信した。九月初旬から、秋水、忠雄と三人で、計画についてたびたび相談した。十月には古河力作を呼び寄せ、三人で計画について話し、くわわることを同意させた。十一月初め、宮下から「爆裂弾の試発に成功した」と通知があったとき、私は入院中だったので、あとになって知った。再度の試発を勧めたのは、本年三月に湯河原へ転地してからである。

本年一月一日、宮下太吉が持参した爆薬と小鑵を見て、秋水、忠雄、太吉、私の四人で小鑵の投げ方を試し、翌日に訪れた力作に話した。一月二十三日、力作、忠雄と三人で、天皇の馬車を襲う手順を相談したが、判然としなかった。このとき秋水は、病で寝ており、相談にくわわっていない。三月下旬、秋水と二人で湯河原へ転地してから、秋水が「実行を延ばせ、自分の著述を助けよ」と言うので、その実行の意思を危ぶんだ。五月一日、秋水を犯罪に巻きこむことを恐れて、表向き手を切り、私一人で上京した。五月十七日、千駄ヶ谷の増田謹三郎方で、実行の手はずを定めるため、忠雄、力作、太吉（忠雄が代理）、私の四人がクジを引き、スガ→力作→忠雄→太吉ときまった。私たちの計画は、暴力革命の一部分に、大逆罪をふくむということである。秋水は、途中で中止する考えが見えた。

【古河力作の供述】

自分は小男であるため、人から「一寸法師」「チョビ助」などと軽蔑されたから、大言壮語するようになった。臆病な犬が吠えるようなものだが、同志から「胆力のある男」と、誤認されたようである。明治四十年春ころ、初めて社会主義を知ったが、共産主義、無政府主義との違いも、よくわからない。四十二年五月、「自由思想」の印刷名義人になったのは、虚名をうるために、監獄に入ることを希望したからだ。十月、幸徳秋水方に呼ばれたときには、自分は協力する約束をしていない。迫害者にたいする暴挙の準備は、具体的な話ではなく、皇室のことなどは聞いていない。そのあと新村忠雄から、迫害者のなかに皇室がふくまれることを聞いた。

四十三年一月二日、秋水方で爆裂弾の話は聞いたが、現物は見ていない。一月二十三日、千駄ヶ谷で忠雄と二人で話していたら、スガがくわわった。忠雄が馬車の絵を描いて、甲・乙・丙・丁の印をつけたので、自分は「それはもっと先にきめよう」と言った。五月十七日、増田方の会合でクジを引いて、そのあと忠雄に、「爆裂弾の小鑵を送れ」と手紙を書いた。自分は計画そのものを、初めから「偽りではないか」と思っていたが、虚栄心と好奇心にかられて、同意すると言っていたのである。

【新田融の供述】

明治四十二年十月ころ、宮下太吉から、薬研を預かって、太吉が私の家で薬研を使った。これらの事実は認めるが、太吉が爆裂弾をつくることなど、まったく知らなかった。

【新村善兵衛の供述】

長野で検事に問いつめられ、「いまから考えると、爆裂弾をつくる目的だと知っていた」と答えた。そのあと予審判事に、「心にもないことを言ったので取り消したい」と言うと、「それでは取り調べた検事を連れてくる」とのことなので、そのままになった。しかし、実際に薬研を借り入れるときには、使用の目的を知らなかった。

【幸徳秋水の供述】

明治三十九年から、無政府主義を信じている。かならずしも、渡米中の感化というわけではないが、帰国してその主義者になった。無政府主義というのは、政治を全廃することであって、暗殺主義ではない。アメリカ在留の日本人は、無政府主義の団体をつくっていなかった。四十年秋、東京から高知へ帰る途次、大阪に立ち寄り、森近運平らによる歓迎会で演説した趣旨は、「われわれは政府の迫害に屈することなく、主義のために戦わねばならない。圧制には反抗すべきで、自由は反抗によってえられる」ということだった。

四十一年七月に高知を発って、大石誠之助を新宮に訪ねた。このとき紀州の同志に、「革命」とは言わなかった。「革命の時機は自然にくる」と考えていた。熊野川の舟遊びのとき、大石に「爆裂弾の製法を知っているか」とたずねたのは、いつ使用するかわからないが、革命の武器として必要が生じるかもしれない、と思ったからだ。箱根に内山愚童を訪ねたとき、「赤旗事件の迫害に復讐しなければならない」と言った。これは政府の乱暴にたいして、何かしなければならないという意味で、ただちに暴力を用いるわけではない。十一月、大石、森近、松尾卯一太らに、「一昨年から不景気が続き、失業者もふえたから、天明の飢饉のようなことがおきるかもしれない。そういうときは、われわれが出て働く必要があるのではないか。富豪の財を貧民に分け、登記所を焼いて、所有権を解放する。そうすれば、権力階級も遠慮して、貧民も自覚するだろう。そのときの用意に、しっかりした者を選んでおく必要がある」と話した。なお、「諸官省を焼き払う」「二重橋にせまる」と言ったのは、つい興に乗って話したまでのことだ。そもそも大石のような長者が、「決死の士」になるわけがない。

四十二年二月十三日、宮下太吉が来訪し、彼の計画について話したが、賛成することができなかった。自分は当時、暗殺では主義が成功しない、ヨーロッパのように、ゼネラルストライキで革命がおきると考えていた。五月に宮下から来信があり、爆裂弾の製法がわかったというので、管野スガに返事を書かせたが、その書面は見ていない。六月に宮下がきて、「信州で爆裂弾をつくる」と言うから、「それは結構だ。つくってみるがよかろう」と答えた。九月一日、管野が罰金四百円の判決を受けた。それまでのぶんを合わせると、一千円にもなる。出版、言論、生活の自由を奪われ、友人との交際も妨げられ、大いに憤慨した。宮下が爆裂弾をつくるのなら、それを使って政府の度肝を抜いてやろうと、このとき初めて考えた。元首うんぬんの計画は、このときが初めてだった。そこで自分は、新村が信州へ帰郷するとき、「宮下のところへ寄ってみるといい」と言った。

明治四十三年十二月十三日（火曜）午前十時から、第三回公判がひらかれ、昼休みをはさみ午後四時までおこなわれた。

【森近運平の供述】

明治四十年十二月、大阪で宮下太吉から、日本の皇室について質問され、「わが国の皇室のみが、世界の趨勢に反して、特別の地位を保つことはできない。日本の歴史を信じることができないのは、神話から出発しているからだ」と話した。暴力革命は、無政府主義者が用いる言葉ではない。直接行動とは、国政に選挙権のない労働者が、みずから行動することを意味する。現在のような国家体制は、革命を免れることはできないと信じるが、われわれの時代におきるのか、次の世代になるのかは、残念ながらわからない。したがって、進んで思想の伝播をしなければならないと思っている。

四十一年六月、赤旗事件がおきたときは、不当な判決に憤慨して、同志たちは過激な発言をしていた。極端なことを口にして、鬱を散じていたのである。七月八日から九月六日まで、私は大阪の監獄に入った。そのとき父が大怪我をして、死線をさまよっていた。帰郷したときに、「監獄になど入るな」と父にいましめられ、私は大いに軟化してしまった。十一月に東京・巣鴨で、幸徳秋水や大石誠之助や松尾卯一太らと話したとき、秋水が、「こう迫害が激しくては、何かやらなければならぬ。貧民が何かしたときは、一緒にやろうじゃないか。それが革命の端緒になるかもしれない。決死の士が二、三百人もいれば、二重橋にせまって、詔勅を出させようじゃないか」と、最後は笑い話になった。

四十二年二月、宮下太吉が巣鴨にきて、爆裂弾の計画を話して帰ったあと、私が秋水に、

「なにしろ真面目な人物で、模範的な労働者だから、本気にやるかもしれないが、天皇に歯向かうことは犠牲が大きいから、やめたほうがよい」と言うと、秋水も「反動が大きいからねぇ」と応えた。

【奥宮健之の供述】

裁判官が、社会主義者たちの境遇を知れば、事件のことがよくわかるだろう。迫害がはなはだしいから、よく過激な話をするし、爆裂弾の製法も知りたがる。そうして実際に、爆裂弾をつくり、具体的な計画を立て、実行する者を定めたのなら、私の責任である。しかし、だれが、いつ、どこで決行するのか、私はまったく知らなかった。

【大石誠之助の供述】

明治四十一年八月、幸徳秋水と熊野川で舟遊びをしたとき、政府の迫害を語った秋水が、「爆裂弾の製法を知っているか」と聞くので、「知らない」と答えた。このとき秋水が、はなはだしい迫害を受けていることを、痛切に感じた。私は安穏に暮らしており、迫害があるといえば、巡査に尾行されるくらいである。十一月に巣鴨で会ったとき、秋水はフランス革命の話から脱線して、二重橋にせまるところまでいった。病気と貧乏により、過激になっているのだろうと思い、私は賛成も反対もせずに、そのまま帰った。十二月に大阪の村上旅館で、秋水の話の一部をしゃべった。しかし、私の意見としては、「修養が必要である」ということだった。

四十二年一月末、四人を私の家にあつめたのは、旧正月だったからだ。秋水の話を聞かせたところ、「奇抜である」「おもしろい」と言った者がいるが、ハッキリと賛成した者はいなかった。私の予審調書に、「四人とともに上京する決心だった」とあるのは、判事から「人に勧めて自分は行かないのか」と言われ、そうなってしまったのである。

【成石平四郎の供述】

紀州で検事の取り調べを受けたとき、検事は手ぶらではなかった。新村忠雄の調書を持参しており、それを示しながら、「忠雄が自白しておる。お前の首は飛ぶのだ」と恫喝され、意に反することを言った。

【高木顕明の供述】

成石平四郎のダイナマイトの件で、証人として紀州田辺の予審法廷に呼び出され、帰宅した直後に、こんどは検事の取り調べを受けた。そのとき林という巡査が、「この死に損ないめ！」と叫んで、パッと扇子を私の首に当てたので、「やっぱり自分は殺されるのか」とあきらめ、ウソの自白をした。

【峯尾節堂の供述】

私は臆病者だから、「主義のために一身を捨てる」というような意思はなかった。大石誠之助の家で、幸徳秋水の話を聞いたときは、大石も幸徳も、それほど「至誠の人」ではないから、一種のホラ話だと思って、聞き流していた。

【崎久保誓一の供述】

紀州で取り調べの検事から、「成石平四郎は肉弾となってやるつもりだったと自白した」と言われた。しかし、私は身に覚えがないので、「決死の士になると約束していない」と否認した。すると検事から、「なにも言わなくても、裁判官は周囲の事情によって判断をする。お前はいまのうちに恐れ入って謝れ」と怒鳴られて、あることないこと話した。

【成石勘三郎の供述】

鶏冠石を大石誠之助からもらい、塩素酸カリとワセリンを混ぜてゴムマリに入れ、熊野川の川原で投げつけてみたところ、なんともなかった。鶏冠石と塩素酸カリを、等分に調合することは、花火によって知っている。私が調書で、「紙に包んで試したことがあった」と申し立てているのは、「そのように平四郎が申し立てている」と言われ、事実に反することを述べたからだ。

明治四十三年十二月十四日（水曜）午前十時から、第四回公判がひらかれ、昼休みをはさんで、午後四時までおこなわれた。

【松尾卯一太の供述】

無政府共産主義によって、円満な自治制が成立するであろうことを、私は確信していた。明治四十一年十一月二十五日、巣鴨の平民社で幸徳秋水に会ったとき、機関紙として新聞を継続して発行することを話し合った。そのために「しっかりした人物を見つけてくれ」と、秋水が言ったのであり、革命のためではない。二重橋にせまるとか、大逆罪を犯すとか、決死の士五十人とかの計画には、いささかも関与していない。秋水が「一時的にでも混乱状態にしたい」と言ったのは、無警察のことであり、無政府という意味ではなかった。主義のために、しっかりした同志をあつめることは、秋水に言われるまでもなく、当然のことである。新美卯一郎に、東京における秋水の話をして、卯一郎がどう反応したかは、よく覚えていない。飛松与次郎に、「新聞の読者を訪問してくれ」とは言ったが、「決死の士をつのれ」という意味ではない。私は飛松に、「主義を実行した暁には天皇制がなくなる」と言わなかった。

【新美卯一郎の供述】

松尾卯一太が東京から帰って、幸徳秋水から「しっかりした同志をあつめよ」と言われたとのことなので、「そうさねぇ、熊本のような狭いところでは、しっかりした人物はそんなにあつまらないだろう」と答えた。明治四十二年十一月、卯一太が筆禍で入獄するとき、私は「君が出獄するころは、赤旗事件の同志たちも出ているだろう」と言った。これは励ましというか、慰めであって、そのとき革命をやろうという意味ではない。

【佐々木道元の供述】

武富済検事に、「お前はウソばかり言うが、真実を言わないのなら、東京監獄にぶちこむ」と脅迫された。その上に、「いま東京から、松尾卯一太が検事に申し立てた内容の電報がきた。卯一太はお前が、皇室を転覆したら愉快だと話したことを認めている」と脅された。武富検事からは、「検事は天皇の代理である。検事を欺くことは、天皇を欺くことである」と叱られた。そうして一夜を取調室で明かして、「思い出したか。検察にも人情がある」と問われたので、「卯一太が自白しているとおりです」と答えた。それから一日おいて、また呼び出され、「お前の申し立てはあいまいだ。卯一太や坂本清馬のことを、ハッキリ申し立てよ」と言われ、革命動乱とか、天皇を甍すとかの文言が、調書に書きくわえられた。

【飛松与次郎の供述】

私が松尾卯一太に、「新聞記者になりたい」と相談したら、「それなら良い仕事がある」とのことなので、小学校の教員をやめた。そうして「平民評論」の発行兼編集人になったのであり、社会主義や無政府主義のことなどは、なにも知らなかった。いまこうして裁判がはじまり、〔皇室ニ対スル罪〕に問われていることを知り、心底から驚いている。

【坂本清馬の供述】

明治四十一年十一月十九日、大石誠之助が巣鴨の平民社を訪ねたとき、幸徳秋水が、「深川の米倉など富豪の倉庫をひらいて貧民を賑わわせる」と言ったと、私の検事調書にある。しかし、これは小山松吉検事が、笑いながら言ったことであり、決して私の供述ではない。このとき、小山検事が、「秋水は登記所を襲撃して、登記簿を焼き払えば、私有財産権がわからなくなると言ったそうだが、そんなことで個人の財産権が消滅するものではない」と言ったことを、ハッキリ覚えている。

明治四十三年十二月十四日付の日記に、森鷗外は、「平出修、与謝野寛に晩餐を饗す」と書いた。四十年十一月に陸軍軍医総監と陸軍省医務局長に任ぜられて、陸軍の軍医として最高の地位にのぼりつめた森鷗外は、二十五年から本郷千駄木に居をかまえ、「観潮楼」を増築している。

四十二年一月に創刊した「スバル」の誌名は、鷗外の発案によるもので、メーテルリンクが若い詩人たちと出した象徴主義の雑誌「スバル座」にちなむ。創刊号に戯曲「プルムウラ」を書いた鷗外は、三月号に小説「半日」、四月号に戯曲「仮面」、六月号に小説「魔睡」を発表した。この小説は、大学教授の妻が、知人の医師に催眠術をかけられ、猥褻行為の被害に遇ったらしいことを、夫の側から描いている。若い美貌の妻は妊娠中であり、鷗外の妻がモデルらしいと物議をかもして、桂太郎首相が呼んで注意している。しかし、鷗外は七月号「スバル」に、性欲史というべき『ヰタ・セクスアリス』を発表して、発売禁止の処分を受けた。それは鷗外にとって唯一の発禁作品だが、七月には文学博士になり、八月号に小説「鶏」、九月号に小説「金貨」、十月号に小説「金毘羅」、十一月号に戯曲「静」を発表するなど、「スバル」を主たる発表の場として、「豊熟の時代を迎えた」と評価され、四十三年に入ってからは、長編小説『青年』を連載中である。

大逆事件の弁護人の平出修は、与謝野寛とともに、千駄木町の「観潮楼」を訪ねて、明治十七年十月から二十一年七月までドイツに留学した鷗外から、ヨーロッパの社会思想について意見を聞いたのだった。

「虚無主義とか、無政府主義とかは、いつからはじまったんでしょうか」

「フランスのプルードンが、一八四九年に、君主だの主権者だのというものを認めない、人間の意思で縛ってもらいたくないと書いて、無政府主義の名付け親になった。虚無主義のほうは、ロシアのツルゲーネフが、一八六二年に『父と子』を書いたときに造語した」

「ということは、無政府主義のほうが先ですか」

「それはそうだが、ツルゲーネフがあの小説を書いたときには、まだバクーニンが無政府主義を、ロシアへ持ち帰っていなかった」

「社会思想というのは、文学にあらわれるんですね」

「社会のことは、文学の上に、影が映るようにあらわれるから、間接的にわかるんですよ」

「そうすると、文学作品を発売禁止にするのは、影をとらえるようなもので、意味がありませんね」

「しかし、影を見て動くものもあるから、影を消すことが、まったく無効ではない。ただ、ぼくは言論の自由を大切なことだと思っているから、発売禁止が手広くおこなわれるのを、嘆かわしいと思っている。しかし、政略上やむをえない場合のあることは、ぼくだって認めています」

「無政府主義者は、これからもふえるんでしょうか」

「お国柄ですから、当局がうまく舵をとれば、ふえずにすむのではないか。しかし、やりようでは激増するかもしれない。その候補者というのは、あらゆる不遇な人間だね。先年、壮士になったような人間だ」

「先生が無政府主義に興味をもつようになったのは、どういう理由からですか」

「ぼくだって研究したわけではないが、近代思想の支流だから、あらましは知っている。一八五六年に死んだドイツのシュティルナーが、極端な個人主義を立てたのが端緒だと、一般に認められているようだ。次がプルードンで、クロポトキンが『無政府主義の父』と言ったのが、当たっているかどうかは別として、プルードンが名付け親ということは確かだ」

「クロポトキンというのは、どういう人物ですか」

「ロシアからイギリスへ逃げて、一八四二年生まれだから、もう七十歳近い。貴族の息子に生まれて、小さいときは宮中で舎人(とねり)をしていたが、そのあと騎兵士官になり、シベリアにやられて五年間在勤し、満州まで廻っていろんな人に会い、無政府主義者になったそうだ。それから大学で地学を研究し、自分でも学術上に価値のある事業としては、三十歳のとき刊行したアジア地図だと言っている」

「これまで無政府主義者で死刑になった者は、ずいぶん崇められているようですが、どんなものでしょう」

「うーん。ずいぶん盛んに、主義の宣伝に使われているようだねぇ」

四十八歳の森鷗外は、深くため息を漏らした。

明治四十三年十二月十五日（木曜）午前十時から、第五回公判がひらかれ、昼休みをはさんで、午後四時までおこなわれた。

【内山愚童の供述】

明治四十二年五月十八日、福井の永平寺を出たときから、巡査の尾行がついた。それから大阪で三浦安太郎、武田九平、神戸で岡林寅松、小松丑治に会った。そのとき私が、「天皇は警備がきびしいから困難だが、警備のゆるやかな皇太子なら、容易に狙えるのではないか」と、提案したとされる。しかし、「永平寺を出たときに、東宮殿下が北陸を巡幸中であったから私に尾行がついた」と話したにすぎない。皇太子を狙うという話は、それに尾ひれをつけられた。

【三浦安太郎の供述】

取り調べの検事から、「内山愚童が『三浦は決死隊の一人だ』と言っている」と聞かされた。それで自分は憤慨して、「そういう内山こそ、『皇太子は肺病である。あんな小伜(こせがれ)のために大仰な警備をしてバカバカしい。伜が参ってしまえば、オヤジがビックリして死ぬのではないか』と言った」とか、誇張して検事に話した。

【武田九平の供述】

内山愚童が、大阪の私の家に泊まったことは間違いないが、そのときの談話の内容は、古いことでよく覚えていない。自分としては、われわれが準備をしていないときに革命がおきれば、悲惨なことになると思っていた。革命は必要だが、血を流すことは好まない。しかし、革命が平和におこなわれないときは、爆裂弾の研究をするなどして、武装蜂起することも必要かもしれないと、考えないでもなかった。

明治四十三年十二月十六日（金曜）午前十時から、第六回公判がひらかれ、昼休みをはさんで、午後四時までおこなわれた。

【岡本穎一郎の供述】

明治四十一年十二月一日、大阪市西区の村上旅館で、大石誠之助は、「幸徳秋水は病身であるから、『自分が死ぬまでになにかやりたい。決死の士が五十人もいれば、革命ができるんだがなぁ』と言っていた」と話した。このとき大石自身は、「言論表現の自由が封じられてしまった以上は、秘密出版などによって、同志は修養しておかねばならない」と、しきりに理論武装を強調していた。それが検事の恫喝で、武装蜂起の暴力革命になって、「五十人の決死の士」をあつめることにされた。

【岡林寅松の供述】

私の無政府主義は理想であり、死後を極楽天国と考えるのではなく、この世が進めば理想社会が現実のものとなると、相互扶助の共同生活を目指すべきだと、生活の意義として捉えていた。いわゆる宗教的信念であり、皇室に危害をくわえる考えなどは、いささかもなかった。内山愚童の『入獄記念／無政府共産』は、神戸平民倶楽部へも郵送されたから、いちおう目は通したけれども、決して配ったりはしていない。内山が神戸へきたとき、爆薬の話をしたことはあるが、ただの雑談であって、病院にある薬品にふれたにすぎない。

【小松丑治の供述】
内山愚童が神戸を訪れたとき、暴力革命とか暗殺行動のことなどを謀議したことは、いささかもない。爆裂弾に用いる薬品の話は出たが、刑法第七十三条にかかわるものとは、夢にも思わなかった。それがどういうわけか、このような疑いをかけられている。万事が運命とあって、あきらめるしかないのであれば、遺憾のきわみというほかない。

明治四十三年十二月十八日（日曜）、幸徳秋水は、東京監獄の独房のなかで、自分の弁護人である磯部四郎、花井卓蔵、今村力三郎の三人に宛てた長文の書簡を、二日がかりで書き終えた。四十三年六月二日に収監された独房は、畳二枚ほどの広さで、覗き窓のあるドアの下部から、食事などが差し入れられる。寝るときはドアのほうを枕にするが、昼間は布団をたたんで正座しなければならない。その狭い独房のなかで、堺利彦に頼んで入れてもらった半紙に、墨汁を使って毛筆で書いた。

磯部先生、花井、今村君足下。

私どもの事件のために沢山な御用をなげうち、貴重な時間をつぶし、連日ご出廷くださることで、世間からは「乱臣賊子の弁護などするな」と、さまざまな迫害もあることでしょう。それらのすべての苦労と損害と迷惑を考えると、お気の毒でなりません。それにつけても、ますますの侠気に感銘し、厚くお礼を申し上げます。

さて、公判の模様によりますと、「幸徳が暴力革命をおこし」うんぬんの言葉が、このように多数の被告人を出した事件の骨子になっているにもかかわらず、検事調べにおいても、予審廷においても、われら無政府主義者の革命についての見解や、その運動の性質などは、いっこうに明白になっていません。そのため、勝手に憶測され、牽強付会(けんきょうふかい)されており、事件の真相が誤られるのではないかと、私は危ぶむのです。したがって、一通りそれらの点に関して、私の考えと事実を、ご参考に供しておきたいと思います。

無政府主義と暗殺

無政府主義の革命といえば、すぐピストルや爆弾で主権者を狙うように解釈する者が多いのですが、それは一般に無政府主義のなんたるやがわかっていないためです。弁護士諸君には、すでにおわかりのように、無政府主義の学説は、東洋の老荘とおなじように、一種の哲学です。今日のごとき権力・武力で強制的に統治する制度がなくなり、道徳と仁愛をもってむすばれる相互扶助、共同生活の社会にするのが人類社会の必然の大勢で、自由と幸福をまったくするのには、これにしたがって進歩しなければならない、というところにあるのです。

したがって、無政府主義者が圧制を憎み、束縛をいやがり、暴力を排斥するのは必然の道理で、彼らほど平和を好むものはありません。その大家とされるクロポトキンについても、裁判官は単に「無政府主義者か」と問われたのみで、やはり乱暴者と思っておられるかもしれませんが、彼はロシアの貴族で、今年六十八歳の老人です。初めは軍人となり、のちに科学を研究し、世界第一流の地質学者として、これまで多くの有益な発見をしており、哲学や文学にも通じているのです。

二十年あまり前に、フランスのリヨンの労働者の爆弾騒ぎに関係した疑いで入獄したとき、ヨーロッパ各国の第一流の学者や文士が連署してフランス大統領に陳情し、世界の学術のために特赦することを乞うと、大統領はこれを許しました。その連署者には、『大英百科全書』に執筆する学者たちもすべてくわわり、日本で知られるスペンサー、ユーゴもとくに数行を書きそえて署名しています。クロポトキンの人格はきわめて高尚で、性質はきわめて温和、親切であり、決して暴力を喜ぶ人ではありません。

また、クロポトキンと名をひとしくしたフランスの故エリゼー・ルクリュも地質学の大学者です。フランスは彼を有することを名誉とし、市議会は記念するためにパリの道路にルクリュ通りと命名したほどです。彼は殺生をきらい、肉食をやめて菜食家となりました。ヨーロッパの無政府主義者の多くはそうであり、禽獣すら殺さない者が、人がいうように殺人を喜ぶことがありましょうか。これら首領とされる学者のみならず、無政府主義を奉じる労働者は、私の見聞したところでも、読書をして品行もよく、酒もタバコもやらない者が多く、決して乱暴者ではないのです。

なるほど、無政府主義者のなかから、暗殺者を出したのは事実です。しかし、無政府主義者だからかならず暗殺者というわけではありません。暗殺者は、国家社会党からも、共和党からも、自由民権論者からも、愛国者からも、勤皇家からも、たくさん出ております。ロシア皇帝アレクサンドル二世を殺したのも、無政府党のようにいわれていますが、あれはいまの政友会の人々とおなじ自由民権論者なのです。

そこで歴史を調べると、過去五十年ばかりのあいだに、無政府主義者の暗殺が、全世界を通じていちばん少ないと思います。かえりみて日本の勤皇家、愛国家をみると、おなじ五十年間に数十人あるいは数百人を算するではありませんか。暗殺者を出したから暗殺主義というのなら、勤皇論、愛国思想ほど激烈な暗殺主義はないはずであります。

要するに暗殺者は、そのときの事情と、その人の気質にふれる状況いかんによっては、いかなる党派からも出るので、無政府主義とはかぎりません。いや、無政府主義者は平和と自由を好むがゆえに、むしろ暗殺者は少なかったのです。私は事件を審理される諸公が、「無政府主義者は暗殺者なり」との妄見をもたれないことを希望します。

革命の性質

私どもの革命は、主権者の変更いかんには頓着せず、政治組織、社会組織を根本的に変更することです。足利が織田になろうが、豊臣が徳川になろうが、おなじ武断封建の世ならば、革命とは申しません。明治維新は、天子は依然として続いていても革命です。それも天子および薩摩・長州が徳川氏に代わったからではなく、旧来の凡百の制度、組織が根底から一変されたから革命なのです。一千年前の大化の改新は、人民の手ではなく、天皇によるものであっても、ほとんど革命に近かったと思います。

私どもが革命というのは、社会進化の過程の大段落を示す言葉です。ゆえに厳正な意味において、革命は自然におこるもので、一個人や一党派でなしうるものではありません。無政府主義者の革命が成ったとき、皇室はどうなるのかという問題が出ましたが、それもわれわれが指揮・命令すべきことではなく、皇室がみずから決すべき問題なのです。すでに申したように、無政府主義者は、武力・権力に強制されない、万人が自由な社会の実現を望みます。その社会が成るときに、皇室をどうするという権力をもち、命令を下すものがあるはずはなく、他人の自由を害さないかぎり、皇室は自由に繁栄・幸福を保つ道を選べるのであって、なんらかの束縛を受けるはずはないのです。

いわゆる革命運動

無政府主義者が革命運動と称しているのは、すぐ革命をおこすことでも、暗殺や暴動をやることでもありません。きたるべき革命に参加して、応分の力を発揮すべき思想と知識を養成し、能力を訓練することをいうのです。新聞や雑誌の発行も、書籍や冊子を著述、頒布することも、演説や集会も、社会の進化のゆえんを説いて、その知識を養成するのです。

革命が自然におきるのなら、運動は不要なようですが、決してそうではありません。もし旧制度、旧組織が衰弱の極に達し、社会が自然に崩壊するとき、いかなる新制度、新組織がこれに代わるかについて、なんの思想も知識もなく、参加する能力がなかったら、その社会は革命の新しい芽をふくことなく、旧制度とともに枯死してしまうのです。

明治維新においても、その以前から準備があり、すなわち勤皇思想の伝播です。水戸の大日本史でも、頼山陽の日本外史・政記でも、本居宣長や平田篤胤の国学も、高山彦九郎の遊説もそれであります。彼らは徳川氏の政権掌握というものが、日本国民の生活に適さなくなったことを直感した。あるいは自覚せずとも、おぼろげに自覚して革命の準備をしたのです。

もし準備をしなかったら、外国人の渡来という境遇にあって、危ういかな日本は、今日の朝鮮の運命をみたかもしれません。朝鮮の社会が、ついに独立を失ったのは、永くその腐敗にまかせて、みずから刷新して新社会に入る能力と思想がなかったためだと思います。この社会の枯死、衰亡をふせぐために、われわれはつねに新主義と新思想を鼓吹すべきで、すなわち革命運動の必要があるのです。

直接行動の意義

こんど私は、検事局と予審廷の調べにおいて、直接行動ということが、やはり暴力革命とか、爆弾を用いる暴挙ということと、ほとんど同義に解されているようなので驚きました。

直接行動は、英語のダイレクト・アクションを訳したもので、欧米ではふつう労働運動に用います。その意味するところは、労働組合全体の利益を増進するのには、議会に頼んでもらちがあかぬから、議員を介する間接運動ではなく、労働者自身が直接に運動しようというにすぎないことです。もう少し具体的にいうと、工場の設備を完全にするにも、労働時間を制限するにも、議会に頼んで工場法をこしらえてもらうよりは、じかに工場主に談判をする。それを聞き入れられなければ、同盟罷工をやるということです。

しかし、今日において直接行動に賛成したからといっても、すべての直接行動に賛成したとはいえません。議会をへないことなら、暴動でも殺人でも泥棒でも詐欺でも、みんな直接行動ではないかと論じられるのは間違いです。欧米でも議会はいたるところで腐敗しており、議会をあてにしないで直接行動をやろうというのが、今日の労働運動の説ですから、直接行動ならなんでもやるというのではありません。

ゆえに直接行動を、ただちに暴力革命にむすびつけ、直接行動論者であることを、今回の事件の有力な一原因にくわえるのは、理由のないことです。

欧米と日本の政策

ヨーロッパの文明国では、無政府主義の新聞や雑誌は自由に発行され、集会は自由に催されています。フランスは週刊新聞が七、八種類もあり、イギリスのような日本の同盟国でも、英語やロシア語やヘブライ語のものが発行されています。

クロポトキンはロンドンにいて、自由に著述を公にして、昨年の『ロシアの惨状』は、イギリス議会の「ロシア事件調査委員会」から出版されました。私が訳した『パンの略取』も、フランス語の原書で、イギリス、ロシア、イタリア、スペインなどの諸国語に翻訳され、世界的名著として重んじられていますが、これを乱暴に禁止したのは、文明国のなかで日本とロシアのみなのです。

無政府主義は危険だから同盟して鎮圧しようと、ドイツやイタリアやスペインによって、しばしば議論されましたが、かつて成立したことはありません。いくら腐敗した世の中でも、文明の皮をかぶっている以上は、そう人間の思想の自由を蹂躙（じゅうりん）することはできないはずです。とくに申しておきますが、日本の同盟国イギリスは、いつもこの提議に反対するのです。

一揆暴動と革命

私どもの用いる革命という言葉の意義と、文字どおりの一揆暴動は、区別しなければなりません。私が明治四十一年十一月、大石誠之助や松尾卯一太などに話した意見（これが計画になるのか、陰謀になるのか、法律家ならぬ私にはわかりませんが）では、暴力革命という語を用いたことはないので、これはまったく検事局あるいは予審廷で発明されたのです。

大石が予審廷で、「幸徳からパリコンミューンの話を聞いた」と申し立てたことを、予審判事から承りました。フランス学者の磯部先生は、もとよりご承知のように、パリコンミューンの乱は、一八七一年の普仏戦争講和の屈辱や、生活の困窮のさなかに労働者が一揆をおこし、パリを占領して一時的に市政を自由にしたことです。このとき政府内閣はベルサイユにあって、転覆されたわけでもなく、一七八九年の大革命や、一八四八年の革命とは異なり、暴動とか一揆とかいわれております。

公判廷でも大石は、フランス革命の話などを申し立てましたが、このパリコンミューンのことのように思います。彼はフランス革命のときにあった一波瀾のように思い違えているのか、パリコンミューンというべきところを、言い違えたのだろうと思います。私がパリコンミューンの話をしたのは、たとえ一時的にでも貧民に暖衣を着せて、飽食させてやりたいというのが要点でした。これは私の調書をみてくだされば、十分に出ていると思います。

しかるに多数の被告人は、「幸徳の暴力革命に与した」ということで、公判廷に移されたようです。私も予審廷において、この暴力革命うんぬんで訊問され、「革命」と「暴力」の区別を申し立てるのに、非常に骨が折れましたが、今や多数の被告人は、この名目のために苦しんでいると思います。

検事と予審判事は、まず私の話に「暴力革命」という名目をつけ、「決死の士」というむつかしい熟語を案出し、「無政府主義の革命は皇室をなくすことである。幸徳の計画は暴力革命をおこすことである。ゆえに計画に与したものは大逆罪である」と、三段論法で彼らを責めたてたものと思われます。それは私が、「直接行動」「革命運動」などと話したことが、彼らにわざわいしたことになったとみられ、じつに気の毒に思います。

聴取書と調書の杜撰

私ども無政府主義者は、いまの裁判という制度が、完全に人間を審判しうるとは信じていないけれども、こんど見聞してさらに危険を感じました。私は自己の運命に満足する考えですから、もはや抗議したくはありませんが、多くの被告人の利害に大きく関係するようなので、いちおう申し上げたいと思います。

第一に、検事の聴取書なるものは、なにが書いてあるか知れたものではありません。私は数十回にわたる検事の取り調べで、初めの二、三回は聴取書を読み聞かされましたが、そのあとは目の前で聴取書をつくることがなく、したがって読み聞かされていないのです。予審廷において判事から、「検事の聴取書にはこう書いてある」と言われるのを聞くと、ほとんど私の申し立てと違っています。たいてい検事が、「こうであろう」と言ったことが、私の申し立てとして記されているのです。多数の被告人においても、みな同様であろうと思います。

検事の調べかたは、「彼がこう言っているが」とカマをかけることが多く、「あの人がこう言っているのなら、そんな話があったかもしれません」と記載されて、その聴取書がほかの被告人の責め道具になるようです。このような次第で、私は検事の聴取書なるものは、ほとんど検事の曲筆舞文、牽強付会になっているだろうと察します。

第二は、予審調書を訂正することの困難さです。できた調書を書記官が読み聞かせますが、長い調べで頭脳が疲労していれば、早口で読むのを聞き損じないのがやっとのことで、少し違っていると思っても、とっさの判断がつきません。それを考えるうちに、読み声はどんどん進んでいき、数カ所や十数カ所の誤りがあっても、指摘して訂正しうるのは、一カ所くらいにすぎないのです。やはり被告人の立場としては、「こう書いてもおなじではないか」と言われると、争うことができないのが多かろうと思います。

第三には、予審はだいたいの下調べだと思って、さほど重要と考えないから、いずれ公判廷で訂正すればよいと思い、強いて争わずに捨ておくことが多いようです。これは大きな誤りで、今になってみると、予審調書の文字ほど大切なものはないのですが、裁判のことにシロウトである多数の被告人は、そう考えたろうと察します。私はいくらか文字のことに慣れているから、ある程度は訂正させましたが、疲れているときは面倒になり、「いずれ公判廷があるから」と、そのままにしているものがあります。

聴取書や調書を杜撰にしたことは、制度のためのみではなく、私どもの無経験から生じた不注意の結果でもあります。私としては、いまさら訂正を求めたりはしませんが、どうか気の毒な多数の地方青年のために、おふくみおきを願いたいと存じます。

以上、私が申し上げて、ご参考に供したい考えのおよそのことです。なにぶん連日の公判で頭脳が疲れているために、思考が順序よくまとまりません。くわうるに、まったく火の気のない監房で、指先が凍ってしまい、ここまで書くうちに筆を三度も取り落としたぐらいですから、ただ冗長になるだけでなく文章もつたなく書体も乱れて、さぞ読みづらいでありましょう。どうかお許しを願います。

とにかく、右に述べましたなかに、多少の取るべきものがあれば、これを裁判官、検察官諸公の耳目に達したいと存じます。

明治四十三年十二月十八日午後

東京監獄監房にて

幸徳秋水

この時期に、二十四歳の石川啄木は、北神保町の平出修の事務所で、和貝彦太郎とともに、大逆事件の記録を読みふけっていた。「東京朝日新聞」の校正係の仕事を終え、暗くなってから事務所を訪れ、午後十時から十一時ころまで、熱心に目をとおす。

もとより記録は、弁護人でない者が見ることを、大審院から固く禁じられている。しかし、公判がはじまってから、啄木は「新聞社に入った情報を提供する」と言って事務所を訪れ、平出を拝み倒すようにして、記録を読むようになった。

「検事の公表したものや、巷間の風説とは違う。まったく弁護の余地がなく、憎みても余りある破倫無道の挙と思っていたが、こうして記録を精読すると、ムリに事件を大きくしていったことがわかる」

「そうだろう。ぼくも初めは、法律的にみたとき、弁護の余地がないと思った。しかし、実際に爆裂弾をつくった宮下太吉や、天皇暗殺の手はずを謀議した新村忠雄、管野スガ、古河力作の四人は、大逆罪を免れないとしても、幸徳秋水、大石誠之助、内山愚童の三人を除くと、ほかの被告人は無罪ではないか」

「まったく同意見だ。シロウトのぼくが、生意気を言うようだが」

いつも尊大な態度で、人を人と思わないような啄木が、平出に訴えかける。この天才歌人の直感力に期待したから、平出も禁を犯してまで、記録を見せる気になったのだ。

事務員の和貝彦太郎は、最初は啄木の訪問を、わずらわしく思ったが、その熱心な態度を見ているうちに、心強い味方だと感じるようになった。

「私が大切なところを見落としているかもしれないので、あなたが必要だと思ったところに、朱線を引いておいてください」

「いいえ、新聞社の校正係の分際で、そんなことはできません」

妙にへりくだって、いちいち和貝に断りながら、書類の山に取り組んでいく。ノートは持参しているが、抜き書きのようなことはせず、目を光らせながら速読して、頭のなかに刻みこんでいるらしい。

和貝のほうは、弁護士の下働きとして、記録のなかで重要な部分に朱線を入れているうちに、このまま裁判が終わり、大審院に返却することが、もったいないように思えてきたので、平出に申し出た。

「朱線を入れるだけでなく、その部分を、罫紙に写し取りましょうか」

「お願いできるかね。和貝君の負担が、あまりにも大きくなりすぎるので、ぼくの口から言えなかった」

「裁判は非公開だから、この一件記録も、歴史の闇に埋もれるかもしれません。元気を出してやってみます」

こうして和貝彦太郎は、十二行の罫紙に複写をはじめた。カーボン紙をはさんで、鉄筆で記入していけば、三部の複写が取れる。

平出修は、一通を事務所に保管しておき、一通を与謝野寛に、もう一通を森鷗外に贈ることにした。

明治四十三年十二月十九日（月曜）の第七回公判から、十二月二十二日（木曜）の第十回公判まで、各被告人にたいする補充審問がおこなわれた。

【宮下太吉の供述】

ロシアの無政府主義者は、爆裂弾を持って皇帝に近づいたが、日本の無政府主義者は、ボロを着て富豪に近づくにすぎない。われわれが職工に主義を伝え、革命をおこしたとしても、悲惨なのは労働者であり、政治家の食い物になるだけだ。自分は亀崎の工場で、労働組合の運動をしながら孤立していたので、社会主義者と書信を往復するうちに、だんだん過激になっていった。

新村忠雄は、幸徳秋水を崇拝しており、その忠雄の大言壮語ぶりを、検事も知っているはずである。それなのに、忠雄の調書を利用して、ないものをあるようにでっちあげて、無実の者を被告人にした。明科で爆裂弾の計画が発覚するころ、すでに自分の心は変わっており、爆薬とブリキ小鑵を、犀川へでも流そうと思っていた。秋になれば爆薬もブリキ鑵も消えて、このような事態にならなかった。

ずっと連れ添った女房を置き去りにしておき、他人の妻と密通してしまい、ヤケ酒を飲むなどして、自分は革命運動をするような人間ではない。自分の功名心のために、古河力作を巻き添えにしたことを、心から懺悔している。

明治四十二年二月、巣鴨の平民社へ行ったのは、爆裂弾をつくって事をおこす功名心からであり、幸徳秋水や森近運平に相談するためではない。森近はそのとき言ったとおり、田舎へ帰って農民になっていたように、命がけのことをする人ではない。森近が自分に、古河を推薦したというのも、事実に反することだ。

自分は今日かぎり、社会主義・無政府主義をやめる。このような思想にかぶれて、結果として絞首台に送られるのは、自業自得というほかないが、多くの人を巻き添えにしてしまったことは、悔やんでも悔やみきれない。今回のくわだては、あくまでも自分が首謀者で、独断専行したのであり、すべてが間違っていた。

明治四十三年十二月二十三日（金曜）の第十一回公判から、証拠調べに入った。各弁護人は、証人喚問を申請し、宮下太吉について、爆裂弾を試発したとする、長野県東筑摩郡中川手村の現場検証を求めた。しかし、鶴裁判長は、すべての証人を、「予審で調べを尽くした」と退け、現場検証も却下した。

宮下太吉は、東京地裁検事局における取り調べのとき、「爆弾の実験地」と題してスケッチを描いた。明科製材所からは、標高九百三十三・五メートルの長峰山の反対側で、「継子落とし」と呼ばれる絶壁に面した川原から小鑵を投げたら、自分の体が吹き飛びそうな爆風と、耳を聾するほどの爆音が生じたという。四十三年六月九日、松本警察署員が、宮下のスケッチ画を持参して実況見分したところ、似たような場所が多くて、実験地を特定できなかった。

検事の聴取書で宮下は、試発した爆裂弾について、「塩素酸カリ六・鶏冠石四の割合の薬品七十五グラムに、アズキ大の小石二十個を混ぜて鑵に入れ、銅の針金で縛った」と供述している。四十三年六月十三日、陸軍の板橋火薬製造所稲村射撃場で、裁判所の鑑定命令を受けた所長の明石東次郎と技手の中山重行が、おなじ爆裂弾五個を馬車に投げつけた場面を想定した破壊実験をしたところ、大音響を上げて爆発し、馬車は大破している。

明治四十三年十二月二十五日（日曜）午前十時三十分から、第十三回公判がひらかれた。日曜日の開廷は異例だが、年内に結審するためであり、司法省刑事局長（大審院兼務）の平沼騏一郎が、論告をおこなった。

【平沼騏一郎検事の論告】

この法廷に審理を求めた事件は、大逆罪の予備・陰謀である。被告人のなかの多数は、無政府共産主義を信じるもので、信念を遂行するために、犯行を計画したものと推認され、動機は信念にある。

無政府主義者なるものは、歴史的に発達してきた国家権力を否認する。絶対の自由を求めて、現在の国家組織を破壊しなければならないとする。この目的を達するために、議会政策派とは異なり、直接行動をとって、総同盟罷工、破壊、暗殺をおこなうもので、近ごろは爆裂弾を使用することを、有力な手段としている。なかには穏健派もいるが、究極は国家の否認であるから、破壊行為をもって、革命の機運を動かすことが、直接行動派の肝要な手段である。この思想の特徴は、目的そのものよりも、手段に重きをおく。記録中に「暴力革命」の文字があり、初めて使用したのが、幸徳秋水にほかならない。

宮下太吉は、国民の迷信を破るために、爆裂弾をつくったという。その信念から、国体を無視して、皇室をも倒すという。これが無政府主義者の思想である。このような思想は、わが忠良なる国民に入りこむことができない。したがって、目的を達することができず、手段として爆裂弾計画を立てた。

被告人らが、無政府主義の思想を、抽象的に話し合ったのは、よほど前からであった。明治四十一年八月、幸徳秋水が高知より上京するとき、紀州の大石誠之助を訪問し、政府の迫害に反抗しようと、熊野川の舟中で爆裂弾の製法を話し合い、箱根の内山愚童と革命の暴挙を語るなど、思想がだんだん具体的に傾いてくる。

四十二年二月十三日、秋水は太吉と会見し、心ひそかに喜んで、新村忠雄、森近運平、管野スガ、古河力作とのあいだに、陰謀が成立した。八月に忠雄が、太吉に塩素酸カリを送ったのは、誠之助が目的を知って、許可したからである。九月に忠雄が上京して、秋水、スガと会議し、計画が具体的にあらわれ、忠雄は太吉と実行を話し合い、東京と信州が直結し、十月に力作と会合したものである。

平沼騏一郎検事の論告は「総論」で、次いで板倉松太郎検事の「各論」があり、最後に松室致検事総長が、二十六人に求刑をおこなった。

「本件は、刑法第七十三条をもって処断すべきものである。本条は特別の法律で、『危害ヲ加ヘントシタル者』は、予備・陰謀をふくむ。実行の意思なくして、他人の実行を幇助した者も正犯であり、二十六人の被告人は共同正犯とする。よって各被告人を、死刑に処するを相当と思料する」

明治四十三年十二月二十七日（火曜）の第十四回公判から、十二月二十九日（木曜）の第十六回公判まで、各弁護人が弁論をおこなって結審し、判決の言い渡しは、明治四十四年一月十八日ときまった。

崎久保誓一、高木顕明の弁護人の平出修は、十二月二十八日に弁論した。

【平出修弁護人の弁論】

今この法廷に立って、不祥な事件の弁護人であることを、国家のために、嘆かわしいと思っている。しかし、弁護人として立った以上は、その職責を尽くして、一つは被告人の利益になること、もう一つは司法権が正しく公明におこなわれることを希望し、努力しなければならない。

平沼騏一郎検事は、「本件の動機は無政府主義者の信念にある」といわれた。そのために、現在の国家組織を破壊しようとするもので、その計画の一端のほのめきが、本件であると断定された。しかし、この断定は、二個の前提をおいている。

第一に、無政府主義者の本質において、一つの仮定をおかれ、「国家組織の破壊を現在の手段としている」といわれた。どういう論拠にもとづくものか、後世に笑いを残さぬように、平沼検事に責任をもっていただきたい。その立論の欠点は、無政府主義が、時と所と人によって、運動の方法が一様でないことを、忘れておられるところにある。ロシアのような専制国におきた革命思想と、イギリスのような自由の下に育った無政府主義思想とは、まったく二者は異なるの感がある。また、ドイツのように社会政策が進んでいる国では、いかに無政府主義を叫んでも、その目標を失ってしまう。ドイツの皇室は、きわめて安泰であり、皇帝みずから自動車を運転し、ベルリン公園を散歩しておられる。

平沼検事は、「社会主義は危険だ、無政府主義は恐るべし」と論断されているけれども、なにほどの危険をふくんでいるのか、どのような実行を信条にしているのか、その点に言及していない。あるいは本件を指して、「このような危険で乱暴なことをしでかすところが、無政府主義の恐るべきところだ」と、いわれるのかもしれないが、それは原因と結果を転倒している。これは人間に、ある程度以上の取り締りをくわえると、このような反抗心をおこす、という証明にはなるが、無政府主義そのものが危険だ、との証明にはならない。すなわち、仏教徒にでも、キリスト教徒にでも、過度の圧迫をくわえれば、そのかたちは違うかもしれないが、ある反抗心はおこすものである。

高木顕明は、無政府主義をいいながら、阿弥陀の存在を認める。革命がおきるときの準備として、伝道教育をするというが、皇室にたいする考えはない。当弁護人が、初めて高木に面会したとき、「ドブの掃除や、ゲタの鼻緒を直すような、貧しい人たちの喜捨で暮らすのは、私にとって苦痛だった」と述べた。「よくわからぬ経を読み、貧民の喜捨を仰ぐ生活より、アンマになって稼いだカネで暮らしたい」と希望していた。そのことが記録に「アンマになって伝道する」と、悪く解されている。けれども彼は、一回も社会主義、無政府主義の講話をしたことがない。自分の信徒にも、主義を説教していないことは、新宮警察署の報告書にもあらわれている。

崎久保誓一の調書に、「明治四十年四、五月ころから、大石誠之助に『平民新聞』などをもらい、社会主義に興味を感じ、四十一年四、五月から、純然たる社会主義者になり、無政府共産を主張していました」とある。これらの供述からも、彼らが「無政府主義者」であることが、すこぶる怪しいことがわかる。新宮では、「もののわかる人」と評されている大石誠之助と知り合い、幸徳秋水の話を、又聞きしたであろう。しかし、もともと大石という人も、純然たる社会主義者ではない。

大石が新しい思想に興味をもっているのは、ただ社会主義のみではない。当弁護人などは、大石禄亭の新派和歌(情歌や狂歌など)を見て、面識はないけれども、友人と思っていた。その大石の研究心のあらわれの一端が、社会主義であったが、警察のほうは、医術や文学の研究心には目をつむり、社会主義の一面のみをとらえて、これに接近した高木顕明、崎久保誓一をも、社会主義者にしてしまった。

このことは、大石、高木、崎久保にとどまらず、ほとんどの被告人についていえる。彼らの不平不満は、内より発したものではなく、外から圧迫されて、初めておきたものである。したがって、一定の歴史と系統によって結びついた、真の社会主義者、無政府主義者は、おそらく何人もいない。

第二に、平沼検事は、「本件犯罪は無政府主義を実行する信念よりおきた」といわれた。これは被告人たちが、一つの信念に結びついている、という仮定による断定である。しかし、彼らの大多数は、無政府主義そのものについて、たしかな意見がない。主義そのものに、知識がない者には、信念というものがあるはずがない。ただ彼らは、社会の欠陥にたいし、悲憤慷慨の士を気取ったにすぎない。真に主義に殉ずるという、確固不抜の意思などないのである。

このように信念がない者に、これにともなう行動のあろうはずがない。彼らの軽々しい口先だけが主になっており、それだけの計画も、決心もなかったことは、調書をつくった検事が、おわかりだろう。

記録によると、紀州の大石誠之助が、明治四十一年十一月に上京した。たまたま、九州の松尾卯一太も上京した。そうして幸徳秋水と会い、陰謀をくわだてた。これが本件の発端だという。やがて大石は、紀州へ帰る道すがら、大阪に立ち寄り、同志たちに陰謀をはかり、その同意をえたという。さらに四十二年一月、紀州の同志四人に、大石がおなじ陰謀をはかり、その同意をえたという。

この記録でおかしいのは、紀州で大石が同志に語ったとき、すでに大阪の同志の同意をえていたのだから、「かくかくしかじかで、大阪で同意をえた」と、言わなければならない。しかし、本件記録には、まったくそれが見当たらない。当弁護人は、その一点からしても、高木顕明、崎久保誓一は、無罪であると断定する。

これほど事件が、すこぶる誇大につくられた記録で、ほんとうに被告人らに、東西が相呼応して、機をみて決起する意思があったのなら、かならず大石を通じ、東京、大阪、九州と連絡がとられなければならない。その事実は、かならず記録のどこかに、あらわれていなければならない。それがどこにも見当たらないのである。こんなバカバカしい陰謀が、はたして世の中にあるものだろうか。

四十二年四月から、新村忠雄が、紀州に滞在している。この男は記録によると、陰謀に直接・間接に関与していた。新宮へ行ったのは、陰謀の打ち合わせかといえば、新村の動静は、きわめてあいまいである。四十一年十一月、大石と幸徳の会見が、無政府主義者の信念から出たものであるなら、半年後に新村が新宮へ行ったとき、紀州の五人はただちに会って、その後の計画を立てなければならない。すくなくとも大石は、「紀州の同志の意向はこうである」と明かし、新村も「宮下太吉、管野スガの計画はこうである」と報告すべきである。そうして新村を通じて、東京─紀州の連絡をとらねばならない。しかし、事実はこれに反している。新村は、宮下や管野と文通して打ち合わせていたようだが、そのことが紀州の同志に、まったくわかっていないのである。

四十二年八月、新村は帰京した。そして九月、陰謀が熟してきた。平沼検事は、それまでを抽象的、それからを具体的といわれた。本件の真相は、これによくあらわれている。すなわち、九月より以前のことは、すべてが抽象的であった。犯罪のかたちそのものが、成り立っていなかったといえる。いまだ陰謀でも予備でもない。犯意の決定がないということになる。

紀州においては、高木顕明、崎久保誓一が、四十二年一月の大石宅の会合のほかに、なにも関係していない。この大石宅の会合で、幸徳の発言が伝えられ、「決死の士が四、五十人あれば」とか、「赤旗事件の堺利彦や山川均が出獄して賛成したならば」とかであったのなら、幸徳自身にも、決定的な意思がないのである。

すなわち、「どこで」「いつ」「なにを」という、三つが欠けている。決死の士が何十人あつまるかどうかもわからず、堺や山川が出獄して同意するかどうかもわからず、ただ一場の夢物語にすぎない。これを取り次いでいる大石も、聞いて賛成したという高木、崎久保らも、それぞれ夢物語を、夢物語としていたのである。

じつに本件は、わが国が建国して初めておきた、もっとも悲しむべき事件である。日本臣民に特有の皇室を尊敬する精神があるのに、これを無視して大逆をするのは、日本国民ではない。それゆえに、信念にもとづいた牢固たる意思で、本件がおこったのなら、当弁護人は、国民の一人として、極刑の宣告を願いたいのである。

しかしながら、本件の被告人たちを見ていると、やはり日本国民だと思う。宮下太吉も、無学のために一生を誤ったことを後悔して、死を予期して懺悔している。その他の被告人も、数人を除く以外は、一様に皇室を尊敬して、口をそろえて調書の不当を鳴らし、大逆の汚名をそそぐことを切望している。

当法廷において、いくつか悲哀を感じたが、その一つは、新村忠雄と新村善兵衛との関係である。記録を読めばわかるように、善兵衛は哀れむべき冤罪者だが、忠雄が兄に書いた誇張した手紙の文面は、濡れ衣を乾かす妨げになっている。すでに忠雄は、死を決して法廷に立っているが、恐れるのは自分の過失により、兄の善兵衛を大逆の冤罪におちいらせることである。

忠雄の弁明を、検事が一顧だにしなかったことで、断腸の思いがしたことであろう。その愛情は、じつに悲哀の美である。また、成石平四郎は、兄の成石勘三郎を罪から免れさせるために一身を賭して、心にもない陳弁をした。虎狼のごとく恐れられる無政府主義者は、このように美しい情感を持っている。

これにくらべて、その弟が獄中にありながら、ときめく顕官の兄が、弟の官選弁護人に「よろしく頼む」の一語さえ寄せずにいるのは、雲泥の差だと思う。すなわち、仙台控訴院の奥宮正治検事長は、本件の被告人たる奥宮健之の実兄である。

崎久保誓一には、新聞記者のころ恐喝取材の前科があり、わずか十円のために、二ヵ月の苦役を強いられた。その経験から、自由を愛し、平等を愛することになった。崎久保が文学にあこがれ、宗教にあこがれ、大石の人格に動かされて、社会主義的な傾向に走ったのは、その後の経路としてやむをえないものがある。彼は獄中から、当弁護人に書信を寄せ、親族からの差し入れを拒絶した。祖父と母に愛育されて、長じてなんら報いることなく、獄中で美食することはできないということだった。じつに温良な人間で、その人格は、決して大逆罪にくみするものではない。これを放して野においても、何かする人物ではないのである。

高木顕明は、ご覧のとおり僧侶で、一切を阿弥陀によって、解決しようとする。彼は貧民の喜捨する浄財で生存することを、心からやましいと思っている。みずから無政府主義を口にしたこともなく、これを伝道したこともない。一介の真宗の僧侶で、紀州新宮における東本願寺派の唯一の住職なのである。その「浄泉寺」の檀徒は、被差別部落の人が多数を占めているが、彼は世人の差別をいわれのない妄見なりとする。また、僧侶の身として戦争をするのを好まなかったし、新宮町の実業家に反対して、公娼の設置に反対を唱えた。ただ、それだけであり、社会主義の書物などは、おそらく一冊も手にしなかったであろう。たまたま大石誠之助と交際し、四十二年一月の会合に出席したということで、本件の連累者にされてしまった。彼を放免しても、浄泉寺の住職として阿弥陀を説き、親鸞に帰依するほかは、何もしないのである。

刑法第七十三条の規定は、すこぶる広汎である。もし、本件の予審調書を採用して罪を断ずれば、高木顕明、崎久保誓一に、死刑を科しうるかもしれない。しかしながら、本条の「加ヘントシタル者」の適用は、危害の計画中に発見されたことを、主として見たものである。計画して、後悔したあとまで、追及する精神ではない。本件の調書をはなれて、事実の真相を見るとき、高木顕明、崎久保誓一には、大逆を実行する意思がないことは明白である。

法の精神、被告人の事情、犯罪事実の真相、さらに刑事政策の見地など、いずれによっても、二人を第七十三条をもって、律するべきではない。これは弁護人として言うことであるというよりも、忠良なる日本帝国臣民たる世論の声でもある。

一九一一（明治四十四）年一月五日、石川啄木は、日記に書いた。

《幸徳秋水の陳弁書を写し終える。火のない独房で指先が凍って、三度筆を落としたと書いてある。無政府主義にたいする誤解への弁駁と、検事の取り調べの不法とが述べてある。この陳弁書にあらわれたところによれば、幸徳は決して今度のような無謀を、あえてする男ではない。そしてそれは、平出修君から聞いた法廷での事実と符合している。幸徳秋水と西郷隆盛！　こんなことが思われた》

幸徳秋水は、自分の弁護を引き受けてくれた三人の弁護士宛に、四十三年十二月十八日、長文の手紙を東京監獄で書いている。これを受け取った花井卓蔵が、「幸徳秋水の陳弁書」と題して、謄写版でプリントし、ほかの弁護人にも配付した。明治四十四年一月三日、平出修の家に年始に出向いた石川啄木は、陳弁書を借りて帰り、ノートに写し取ったのである。

明治四十四年一月十六日（月曜）、外務省は一月十八日の判決にそなえて、各国の大使・公使館に「裁判手続きの説明書」を送付し、内務省も英訳文を、国内の英字新聞社に郵送した。

＊　＊　＊

大審院において審理中の幸徳秋水ほか二十五名の陰謀事件につき、裁判所の構成および訴訟手続きに関し、世上いろいろと誤解があり、とくに本件にかぎり便宜をはかっているように受け取る向きもあるので、いささかも非難されるいわれのないことを説明する。

本件の内容をひとことで明かにすれば、被告人の多数は、いわゆる無政府主義者で、その主義を普及する手段として、本年の秋季を期し、恐れ多くも皇室にたいして弑逆をなし、国務大臣を暗殺し、放火・略奪をおこなわんとの陰謀をくわだてたもので、この事実は被告人の多数の自白と爆裂弾の存在、その他の証拠によって、すこぶる明白である。

これは刑法の第七十三条にあたる犯罪で、ゆえに裁判所構成法と刑事訴訟法により、大審院が一審にして終審とする裁判権を有する。この法制は、ひとり我が国のみならず、ドイツにおいても皇帝にたいする弑逆罪（予備、陰謀をふくむ）は、帝国裁判所において一審および終審の裁判権を有すると定めている。また、イギリスの法制上も、弑逆罪にたいする訴訟は、裁判所のほかに上院の特別権限として裁判した事例が存する。

それゆえに、明治四十三年五月下旬、長野県下において本件が発覚すると、検事総長は犯跡の明かな幸徳秋水ほか六名を起訴のうえ、大審院長に予審判事を任命すべき旨を請求した。大審院長に命じられた東京地裁の予審判事は、その後に起訴された者とともに予審をなし、十一月一日、各被告人にたいし有罪の意見を付して、訴訟記録を差し出した。十一月十日、大審院長は検事総長の意見を聞いたうえで、本件を公判に付すべき決定をして、公判が開始されるにいたった。

かくして公判は、大いに進行して、近くその終局を迎える。しかるに裁判所が、公判開始の初日において公開を禁止したため、疑いの声を上げる者があった。いやしくも国法において、対審を公開して安寧、秩序を害するおそれがあると認めたときは、これを停止できると定めており、ふつうの事件についてもありうる。いわんや本件のごときは、国家の安危にかかわるものであって、この点においても裁判所の措置は、すこぶる当をえている。

ただし、右の停止は公判の審理にかぎるもので、判決の言い渡しが公開されることは、いうまでもない。

明治四十四年一月十八日（水曜）午後一時十分から、大審院の一号法廷で、判決公判がひらかれた。百五十枚の一般傍聴券は、初公判のときと同様に、午前六時から交付されるというので、午前一時から行列ができた。しかし、午前五時には傍聴希望者が二百人に達したので、裁判所は先着順に傍聴券を渡し、残りの者を立ち去らせた。

東京監獄の被告人たちは、午前十一時すぎに馬車に乗せられ、大審院へ向かった。幸徳秋水、管野スガ、新村忠雄、大石誠之助の四人は、二頭立ての馬車に一人ずつ乗せられ、あとの二十二人は、二人ずつ乗った。

岡山出身の森近運平は、熊本出身の飛松与次郎と一緒で、護送コースに立っている憲兵や巡査を見て、「彼らも寒いのに大変だなぁ」と、余裕のある表情だった。このとき飛松が、「いよいよ運命を決する日だ」と言うと、森近は「これが本当の鶴の一声さ」と、鶴丈一郎裁判長に引っかけて駄ジャレを飛ばし、看守をふくめて四人で大笑いになった。森近も飛松も、求刑が死刑とはいえ、無罪判決を信じていたのである。

一般傍聴人は、午前十一時二十分から入廷を許可されて、新聞記者たちと開廷を待った。初公判のときは、人定質問を聞いただけで退廷させられたが、判決公判は最後まで傍聴できる。

午後一時から、二十六人の被告人全員が入廷をはじめて、いずれも服装は、初公判のときとおなじだった。一時十分、七人の裁判官が入廷すると、書記官が被告人の名前を順に呼んで立たせて、人員点呼をおこなった。

まず鶴裁判長が告げた。

「これから判決を言い渡すことにするが、だいぶ時間がかかるので、被告人は着席してよろしい。初めに判決理由を朗読して、最後に主文になる。したがって、主文のときには全員が起立すること」

ふつうは主文から入るが、理由を先にするときは、死刑判決であることが多い。いきなり死刑を宣告すると、動揺して理由を聞かないからとされるが、法定刑が死刑以外にない大逆罪の判決は、死刑か無罪ということになるはずで、法廷は静まりかえった。

こうして判決理由の朗読に入って、それが終わった午後二時すぎ、鶴裁判長が、被告人たちを立たせた。

「主文。幸徳秋水ほか二十五名にたいする、刑法第七十三条〔皇室ニ対スル罪〕に該当する被告事件の審理を遂げ、判決すること次のごとし。幸徳秋水、管野スガ、森近運平、宮下太吉、新村忠雄、古河力作、坂本清馬、奥宮健之、大石誠之助、成石平四郎、高木顕明、峯尾節堂、崎久保誓一、成石勘三郎、松尾卯一太、新美卯一郎、佐々木道元、飛松与次郎、内山愚童、武田九平、岡本穎一郎、三浦安太郎、岡林寅松、小松丑治をそれぞれ死刑に処し、新田融を有期懲役十一年に処し、新村善兵衛を有期懲役八年に処す。なお、差し押さえた物件中のブリキ小鑵二個、鉄製小鑵一個、紙包二個、鶏冠石紙包一個、鑵入り調合剤八十六グラム、塩素酸カリ三百四十五グラムは、これを没収す。没収に係わらざる差押え物件は、それぞれ差出人に還付す。公訴に関する訴訟費用の全部は、被告人らが、これを連帯負担すべし。以上」

二十四人に大逆罪を適用して死刑に処し、新田融を懲役十一年にした理由は、「宮下太吉が大逆罪を犯さんとする意思あることを知りて、公訴事実の行為をなしたるものと認定する証拠は十分ならず」で、爆発物取締罰則違反を適用し、新村善兵衛を懲役八年にした理由は、「新村忠雄、宮下太吉らが大逆罪を犯さんとする意思あることを知りて、公訴事実の行為をなしたるものと認定する証拠は十分ならず」で、爆発物取締罰則違反幇助を適用した。

明治四十四年一月十九日（木曜）午前九時から、政府は臨時閣議をひらいて、大審院判事の鶴丈一郎、検事総長の松室致、司法次官の河村譲三郎、司法省刑事局長の平沼騏一郎、警視総監の亀井英三郎、大蔵次官の若槻禮次郎、内閣書記官長の柴田家門、法制局長官の安廣伴一郎らを列席させ、前日に死刑を宣告された二十四人の被告人について、恩赦をする対象者の協議をおこなった。

総理大臣の桂太郎は、一月十八日付で天皇に待罪書（進退伺い）を提出し、「皇国未曾有の犯罪者を出すにいたったのは、臣が輔弼をまっとうできなかったからであり、まことに恐れ入る次第で、聖断を仰いでいかなる処分をも伏して待ちます」としたが、「その儀におよばず」と、即日却下されている。

しかし、宮下太吉を官営明科製材所に職工長として採用した責任問題については、農商務省山林局長の上山満之進は譴責、長野大林区局長の西田吉三が一ヵ月間の減俸十分の一、明科製材所長の西山忠太が三ヵ月間の減俸十分の一、明科製材所主任技師の関鉀太郎が懲戒免職処分を受けた。

一月十九日の閣議の途中で、総理大臣の桂太郎と司法大臣の岡部長職が、宮内大臣の渡辺千秋に電話で呼び出され、宮中に伺候して天皇に拝謁して、内閣の意向を内奏し、この御前会議で、死刑を宣告された坂本清馬、高木顕明、峯尾節堂、崎久保誓一、成石勘三郎、佐々木道元、飛松与次郎、武田九平、岡本穎一郎、三浦安太郎、岡林寅松、小松丑治の十二人を、特赦で無期懲役にすることが決定した。

その日の深夜に、十二人の死刑囚にたいして、「特典をもって無期懲役に減刑す」と、総理大臣の「奉勅」が伝えられ、一月二十一日付の新聞各紙は、「広大無辺の聖恩／十二名の逆徒に減刑の恩命下る」「赤子愛撫の聖慮／渡辺宮内相語る」「特赦申渡式／感泣せる十二名」などの見出しで報じた。

一月二十日、有期懲役に処せられた新田融と新村善兵衛は、千葉監獄へ馬車で送られ、収監されている。

一月二十一日、佐々木道元と峯尾節堂の二人は、昼すぎに馬車で千葉監獄へ送られた。高木顕明、崎久保誓一、飛松与次郎、坂本清馬の四人は、秋田監獄に収監されることになり、上野駅から午後二時発の秋田行き列車に乗った。岡林寅松、小松丑治、成石勘三郎、武田九平、三浦安太郎、岡本穎一郎の六人は、長崎の諫早監獄に収監されることになり、新橋駅から午後十時三十分発の下関行き列車に乗った。

明治四十四年一月二十四日（火曜）午前七時すぎ、東京監獄の独房で原稿を書いていた幸徳秋水は、看守に呼び出されて典獄（所長）室へ行くと、木名瀬礼助から「司法大臣の命により、これから死刑を執行する」と申し渡された。このとき秋水は「書きかけの原稿を整理したい」と頼んだが、独房へ戻ることは許可されなかった。そこでやむなく、「すべての物品は堺利彦氏へ下付してもらいたい」と遺書に記し、ミカンを食べて茶を飲んだあと、教誨師（きょうかいし）の沼波政憲に導かれて、絞首台へ向かった。

浄土真宗の僧侶である沼波は、永年にわたって東京監獄の教誨師をつとめ、多くの死刑囚の執行に立ち会ってきた。一月二十一日、沼波が監房へ行くと、幸徳はしんみりした口調で語りかけた。

「私が死刑の執行を受けるのは、事件の成り行きからしてもやむをえないと思っています。ただ、気の毒に思うのは、おなじ死刑判決を受けた人たちです。彼らのなかには、親のある者もあり、妻子をかかえる者もいるが、いまさらなにを言っても、仕方のないことでしょう。おなじ舟に乗り合わせて、海上で難風に遇い、ともに海底の藻屑になったと、あきらめてもらうほかありません」

その幸徳は、絞首台に上がると従容として、いささかも取り乱した様子はなかった。しかし、「強いて平気を装っているのではないか」と、沼波はひそかに思った。絶命は午前八時六分で、享年三十九。

次に処刑された新美卯一郎は、一月二十一日に監房を訪れた沼波に、「死ぬる身を弥陀にまかせて雪見かな」という辞世の句を見せた。文学好きの新美は、いつも静かに文学書を読みふけっていた。

典獄室でミカンを食べているとき、ふと新美が言った。

「辞世の句に『死ぬる身を』としていたのを、『消える身を』と改めました。そのほうが、文学的表現になりますよね」

ニッコリ笑った新美は、やはり従容として死に就いた。絶命は午前八時五十五分で、享年三十二。

三番目に執行されたのは、奥宮健之だった。一月二十三日、沼波が監房を訪ねたとき、大逆罪の死刑囚で最年長の奥宮は、声高に問いかけた。

「どうも世の中には、ふしぎなことがありがちなようです。私が死刑の宣告を受けるとは、ちょっと自分でも妙な感じがする。こういうこともあるんですかねぇ」

問われて沼波は、返す言葉がなかった。その奥宮が、絞首台へ向かうとき、「なにも心残りはありません」と告げ、幸徳秋水以上の落ち着きぶりだった。絶命は午前九時四十二分で、享年五十三。

四番目は成石平四郎で、この日の朝方に妻に宛てた手紙を書き、「戒名をつけるのを好まないので、『蛙聖成石平四郎の墓』とのみ記してほしい」と頼んでいた。成石は典獄室でミカンを食べるとき、筋を取って皮のなかに収めて、「ごちそうさまでした」と礼を言って立ち、絞首台でも従容としていた。絶命は午前十時三十四分で、享年二十八。

五番目は内山愚童で、典獄室に用意された数珠を手に取ろうとしない。そこで沼波と問答になった。

「あなたは僧侶だった方なのだから、せめて最後のときは、念珠を手にかけられてはいかがですか」

「いや、よしましょう」

「それはまた、どういうわけですか」

「たとえ念珠をかけてみたところで、どうせ浮かばれっこないのです」

そう言って微笑すると、それが癖の肩を怒らせる歩き方で、絞首台へ向かった。絶命は午前十一時二十二分で、享年三十六。

六番目の宮下太吉は、一月十九日に「赤旗事件」で千葉監獄に入獄中の大杉栄にハガキを書いて、「いつかキリスト教の坊さんから、『一粒の麦も死んで地に落ちれば、いつか芽吹いて新しい実をつける』と聞いた」と文面にある。

第七回公判で宮下は、「自分は今日かぎり、社会主義・無政府主義をやめる」と、転向を宣言している。しかし、絞首台で縄をかけられたとき、やおら大声を発した。

「無政府党万歳」

このとき死刑執行係の看守が、とっさに床を落とすハンドルを引いたので、教誨師の沼波には、「無政府党万」までしか聞こえなかった。絶命は午後零時十六分で、享年三十五。

七番目は森近運平で、朝から監房で娘の菊代のために、自伝というべき「回顧三十年」を執筆していた。森近は妻に宛てた遺書に「寡婦となっても、ことさら見苦しい質素な身なりをせず、良い縁談があれば再婚してもさしつかえない」と記している。

沼波が監房を訪ねたとき、森近は無言で会釈をするだけで、辞世の句のことなどは話題にしなかった。しかし、短歌二首を残しており、「捕らはれて早やふた月を古里の／たよりも聞かず秋は来にけり」「父上は怒り給ひぬ我は泣きぬ／さめて恋しい古里のゆめ」とあった。絶命は午後一時四十五分で、享年二十九。

八番目は**大石誠之助**で、かねてより「死体は家族に見せずに火葬して遺骨を渡してほしい」と語っていた。沼波が監房へ行ったとき、「世間には『冗談から駒が出る』という諺があるが、こんどの事件がまさに好例でしょうな」と、冷笑している。その大石が典獄室に入ると、「久しくタバコを吸っていないので、願わくば一本いただきたい。せめてタバコを吸いながら、この世に暇乞いをしたいのです」と言った。そこで沼波が「敷島」を一本差し出すと、半分ほど吸ったところで灰皿に捨てた。

「しばらく吸わなかったので、どうも頭がぐらついてくるようだ。これでは絞首台に上がっても、気持ちよく往生できませんな」

こうして絞首台へ向かうと、泰然自若としていた。絶命は午後二時二十三分で、享年四十三。

九番目は**新村忠雄**で、典獄室で「司法大臣の命により、これから死刑を執行する」と申し渡されたとき、恐怖に襲われたように身を震わせたので、沼波がうしろから抱きとめると、弁明するように言った。

「ぼくは貧血気味で、ふっとこうなることがあるんです。ショックを受けたわけではないので、誤解しないでください」

その言葉を証明するかのように、新村は落ち着いた足取りで絞首台へ向かい、微笑をたたえて処刑された。絶命は午後二時五十分で、享年二十三。

十番目は**松尾卯一太**で、獄中では仏典を熱心に読んでいたが、教誨師にすがるつもりはないらしく、沼波が語りかけても、ほとんど答えることはなかった。監獄側には、「死体を火葬して遺骨の一片でも郷里に送っていただきたい」と要望している。

処刑されるに際しても、語りかける沼波に無言でうなずき、悲しげな目の色だった。経文らしきものを唱えて絞首台へ向かい、絶命は午後三時二十七分で、享年三十一。

十一番目は**古河力作**で、典獄室で執行を申し渡されると、平然として付き添いの看守に問いかけた。

「そろそろ夕食の時間ですけどね。このまま頂戴できないんでしょうか」

こういう死刑囚に、かつて沼波は出会ったことがない。「豪胆と評すべきか、無神経と称すべきか」と、舌を巻く思いで答えた。

「君もうすうす知っていただろうが、今日は朝からとても忙しく、それで夕食のことまで、気が回らなかったんだよ」

「そう言われても、腹が減っていては、元気よく死ぬことができません。阿弥陀様に供えてある羊羹をいただけませんか」

「よろしい。ミカンも食べなさい」

このとき沼波が、羊羹二本とミカン一個を与えると、古河はいかにも美味しそうに食べた。そして自分から立ち上がると、元気な声を出した。

「もう腹も十分ですから、すぐ出かけましょう」

絶命は午後三時五十八分で、享年二十六。

明治四十四年一月二十五日（水曜）午前七時三十分、管野スガは独房から呼び出された。前日には、堺利彦の娘の真柄（まがら）（七歳）に、手紙を書いている。

《まあさん、うつくしいえはがきを、ありがとう。よくべんきょうができるとみえて、大そう字がうまくなりましたね。かんしんしましたよ。まあさんに上げるハオリは、お母さんになおしてもらってきて下さい。それからね、おばさんのニモツの中にあるにんぎょうや、きれいなハコや、かわいいヒキダシのハコを、みんなまあさんにあげます。お父さん、お母さんに出してもらって下さい。一度まあさんのかわいいかおがみたいことね。さようなら》

紫の紋付羽織を着た管野スガは、絞首台に上がって、頭から黒い頭巾をかぶせられるとき、透き通った声で叫んだ。

「われ主義に死す。革命万歳！」

絶命は午前八時二十八分で、享年二十九。

明治四十四年一月二十三日、石川啄木は、「休み。幸徳事件記録の整理に一日を費やす」と日記に書き、一月二十四日、「夜、幸徳事件の経過を書き記すために十二時まで働いた。これは後々への記念のためである」と書いた。そのあと、十二人が死刑を執行されたことを知って、「幸徳秋水の陳弁書」を写し取った黒表紙の小型ノートに、自分の感想を書いた。一月三日、平出修に会ったとき、「もし自分が裁判長だったら、管野スガ、宮下太吉、新村忠雄、古河力作の四人を死刑に、幸徳秋水と大石誠之助を無期懲役に、内山愚童を不敬罪で懲役五年くらいにして、あとは無罪にする」と聞かされ、自分もそう思っていただけに、二十四人に死刑を宣告した判決と、電光石火の死刑執行にショックを受けたのだ。

《二十六名の被告中に、四名の一致したテロリストと、それとは直接の連絡なしに動こうとした一名がふくまれていたことは、事実である。後者は、主として皇太子暗殺をくわだてたもので、この事件の発覚以前から、秘密出版と爆発物取締罰則違反で入獄していた内山愚童、前者は事件の真の骨子たる天皇暗殺計画の管野スガ、宮下太吉、新村忠雄、古河力作であった。幸徳秋水は、これらの計画を早くから知っていたが、賛成の意を表したことなく、指揮したことなく、ただ放任しておいた。これは彼の地位からして、当然のことであった。秋水および他の被告人（新田融、新村善兵衛、奥宮健之を除く）は、ただ一時的に、東京市を占領する計画をしたというだけのこと（しかも単に話し合っただけ）で、意思の発動にとどまり、まだ予備行為に入っていない。厳正な裁判では、むろん無罪になるべき性質のものであったにもかかわらず、政府およびその命を受けた裁判官は、打って一丸となり、国内における無政府主義者を一挙に撲滅する努力をして、ついに無法にも成功したのである。このことを余は、この事件に関する一切の知識（一件記録の秘密閲読および弁護人の一人から聞いた公判の経過などよりえたもの）から判断して、正確であると信じている》

明治四十四年二月初め、与謝野寛は、麴町区中六番地の自宅で、詩作にふけっていた。神田駿河台から引っ越したのは、四十三年八月四日で、このとき書生の和貝彦太郎は、日大の夏休みで紀州新宮へ帰省中だった。与謝野に呼び戻された和貝は、麴町区から神田区の平出法律事務所へ通い、夜は日大専門部で学んでいる。その和貝宛に、東京監獄の大石誠之助がハガキを書いたのは、一月十八日の判決直後で、「与謝野先生へも久しく無沙汰しているので、これ又よろしくお伝えを乞う」とある。

大石誠之助のハガキを手にして、与謝野寛は涙を流した。大石には早いうちに、鵜沢聡明が私選弁護人として付いた。しかし、高木顕明と崎久保誓一には、頼るべきルートがない。そこで新宮キリスト教会の沖野岩三郎が、与謝野に手紙を書き、平出修が二人の私選弁護人になった。いずれにしても、大石を通じての縁なのだ。

そんなことを思いながら、与謝野は一編の詩を書き上げ、「誠之助の死」と題した（この作品は、大正四年刊の詩歌集『鴉と雨』に収録される）。

誠之助の死　　　　**与謝野寛**

大石誠之助は死にました、

いい気味な、
機械に挟まれて死にました。
人の名前に誠之助は沢山ある、
然し、然し、
わたしの友達の誠之助は唯一人。
わたしはもうその誠之助に逢はれない、
なんの、構ふもんか、
機械に挟まれて死ぬやうな、
馬鹿な、大馬鹿な、わたしの一人の友達の誠之助。

それでも誠之助は死にました、
おお、死にました。

日本人で無かつた誠之助、
立派な気ちがひの誠之助、
有ることか、無いことか、
神様を最初に無視した誠之助、

大逆無道の誠之助。
ほんにまあ、皆さん、いい気味な、
その誠之助は死にました。
誠之助と誠之助の一味が死んだので、
忠良な日本人は之から気楽に寝られます。
おめでたう。

一九一二（大正一）年九月二十六日、明治天皇崩御（七月三十日）と大葬（九月十三日）による恩赦・大赦令が公布され、不敬罪で服役中のものが釈放された。明治四十一年十一月、内山愚童が匿名で発送した『入獄記念／無政府共産』を受け取り、この小冊子を配るなどして不敬罪に問われたのは、群馬県の長加部寅吉ら五人だった。

東北評論社で新村忠雄の仲間だった**長加部寅吉**は、「小田原　後藤生」の名で郵送された六冊のうち、三冊を友人に渡したあと不安になって、残りの三冊を安中警察署に届け出たが、四十三年十一月十二日に前橋地裁で懲役五年の判決を受け、前橋監獄で服役していた。

福岡県三池市で無職の**田中泰**は、四十二年五月になって、大阪でブリキ細工職人をしている友人の三浦安太郎から、『入獄記念／無政府共産』を一冊送られた。同封の手紙で三浦が、「読み終えたら同志に転送せよ」と指示していたので、さっそく田中は、広島県佐伯郡の相坂匡に送った。

広島県警察部で事務職の**相坂匡**は、田中から受け取った『入獄記念／無政府共産』を、「読み終えたら同志に転送せよ』との指示にしたがい、県内の友人に郵送しておいたが、そこでストップしている。

田中泰と相坂匡は、身柄を東京へ送られて不敬罪で起訴され、四十三年十二月二十一日に東京地裁でそれぞれ懲役五年の判決を受け、千葉監獄で服役していた。

横浜市久方町で貸家業をいとなむ**田中佐市**は、「横浜曙会」を主宰しており、自宅は社会主義者の集会場のようだった。そこへ差出人が不明の小包二個が届いて、『入獄記念／無政府共産』が五十冊入っていた。田中が机の上に置いていたら、おなじ貸家業の**金子新太郎**が、「これはおもしろい。町で配ってやろう」と七、八冊を持ち帰り、長者町の自宅へ帰る途中で、通行人に手渡している。それを聞いて田中も、何回かに分けて伊勢佐木町あたりで配ったが、だれが受け取ったかはわからない。

田中佐市と金子新太郎は、不敬罪で起訴され、四十三年十一月二十一日に横浜地裁でそれぞれ懲役五年の判決を受け、千葉監獄で服役していた。

不敬罪の五人は、大赦令を適用されて、公布の日に監獄から放免された。しかし、恩赦令も大赦令も「大逆罪を除く」とあり、無期懲役に処せられた十二人は、減刑の希望も叶えられなかった。

一九一四（大正三）年六月二十四日午前五時五十分、高木顕明は、秋田監獄の独房で窒息死した。獄窓の鉄格子に細くした布をかけ、縊死したのである。享年五十。同年春、妻タシが面会に訪れている。明治四十三年十一月十日、真宗大谷派は浄泉寺の住職を「差免」し、四十四年一月十八日の死刑判決当日に「擯斥（ひんせき）」に処した。高木夫婦に子はなく、四十年三月に養女を迎えていた。その加代子とタシは、新宮で生活できなくなり、名古屋へ引っ越していた。はるばる面会に訪れた妻から、加代子が芸者置屋に身売りするなど家族の窮状を聞かされて、絶望したとみられる。

一九一五（大正四）年七月二十四日、新村善兵衛は、千葉監獄から仮出所した。懲役八年の判決を受けたとき二十九歳の新村は、三十四歳になっている。長野県屋代町では、母ヤイが健在だが、帰郷することはできない。大阪の菓子屋につとめて、町の収入役を経験したことでもあり、やがて番頭に取り立てられた。しかし、獄中で健康を害していたので、大正九年四月二日、大阪市東区仁右衛門町で病死した。享年三十九。

一九一六（大正五）年五月十八日午後零時十分、三浦安太郎は、諫早の長崎監獄の独房で縊死した。これは「狂死」ともみられ、精神に異常をきたしていた。享年二十八。父親の徳蔵は病弱で、大阪から面会にくることはおぼつかない。弟と二人の妹も、両親とひっそり暮らしている。六月十八日、大阪の阿倍野で三浦の友人たちが弔いの集いをもったが、遺骨は諫早の監獄墓地に埋められた。

大正五年七月十五日午後一時五分、**佐々木道元**は、千葉監獄で病死した。享年二十七。佐々木が死刑判決を受けた日に、地元記者が熊本市内の実家へ取材に行くと、母エキが「さようでございますか」と答えて、悲嘆の色もみせなかったので、「さすが逆賊の母」と書かれた。しかし、翌日に減刑されたことを知らされると、「伜がくれる手紙は無実を訴えるものばかりで、いつか青天白日の身になることを信じます」と答えて、張りつめていたものが緩んだのか、数日にわたって寝込んだ。

大正五年十月十日、**新田融**は、千葉監獄から仮出所した。懲役十一年の判決を受けたとき三十歳の新田は、三十六歳になっている。明治十三年三月十二日、仙台市で生まれた新田の本籍地は小樽市である。三十八年一月に結婚して、男子二人をもうけて明科製材所に勤務しているとき、事件に巻き込まれた。刑期を五年三ヵ月も残して仮出所した新田は、妻ミヨが待つ秋田市へ帰ったが、周囲の目がきびしいので東京へ出て、深川区で製材所の機械据付工になった。

大正七年九月に三男、八年十月に長女、十三年一月に四男、十五年一月に次女が生まれて、熟練工の新田は工場でも評判がよかった。しかし、晩年は中風を患い、昭和十三年三月二十日に死亡した。享年五十七。

一九一七（大正六）年七月二十七日午前八時二十分、岡本穎一郎は、長崎監獄で病死した。胃ガンで苦しんでおり、享年三十六。三十歳で無期懲役が確定した岡本に、面会人はなかった。十歳下の弟は船員になり、イギリスに長期滞在して、のちにアメリカへ渡ってコロンビア大学を卒業し、アメリカ人と結婚して画家になったという。かすかに伝わる弟の消息が、岡本の唯一の希望だった。

一九一九（大正八）年三月六日午前六時四十五分、峯尾節堂は、千葉監獄で死亡した。流行性感冒にかかり、あっけなく臨終を迎えたもので、享年三十三。臨済宗妙心寺派の僧侶だった峯尾は、明治四十四年十一月四日付で本山から「擯斥」の処分を受けた。そのころ弟が陸軍に入営中で、兄のことで迫害されて脱走し、軍法会議で懲役三カ月に処せられた。峯尾は大いに悩んだが、大正三年十二月、千葉監獄は「入獄いらい違令・反則なく、行状をつつしみ作業に勉励し、改悛の情あるをもって、賞表二個を付与した」と記録している。

一九二五（大正十四）年五月十日、**飛松与次郎**は、秋田監獄から仮出所した。無期懲役に処せられた十二人のうち、すでに五人が獄中死しているが、飛松がいちばん早く仮出所して、このとき三十六歳だった。二十一歳で入獄した飛松は、二年後の大正二年一月、早くも「改悛の情が顕著である」と、典獄から表彰されている。大審院の公判廷で、「松尾卯一太に『新聞記者になりたい』と相談したら、『それなら良い仕事がある』とのことなので、小学校の教員をやめた。そうして「平民評論」の発行兼編集人になったのであり、社会主義や無政府主義のことなどは、なにも知らなかった」と供述しているように、まさに使い捨てだった。その思いが「改悛の情」になり、監獄側から評価された。仮出所した飛松は、事件当時に暮らしていた熊本県山鹿郡広見村へ帰り、監獄で覚えた編み物の特技を村人に教えていたが、昭和二年から村役場の書記になり、十四年三月に五十歳で退職した。しかし、時勢は国家総動員とあって、十五年からふたたび役場勤めをして、二十三年三月まで続いた。二十三年六月二十六日、五十九歳の飛松は、「刑の言い渡しの効力を失わせる特赦」で復権し、二十八年九月十日に死亡した。享年六十四。

一九二九（昭和四）年四月二十九日、**崎久保誓一**は、秋田監獄から仮出所した。二十五歳で判決を受けて、すでに四十三歳である。父親代わりの祖父は、大石誠之助らが処刑された日に死亡した。その知らせを受けて悲嘆にくれていると、妻が離婚を請求して、明治四十四年五月三日付で除籍した。しかし、一人娘は崎久保の母親が育てていた。三重県市木村の崎久保は、熊本の飛松与次郎が、大阪や九州の新聞に獄中記を発表していたので、「自分も書きたい」と問い合わせた。すると昭和四年十二月六日付で返信があり、「君も原稿を売りたいとのことだが、ぼくの場合は友人の世話だから、稿料の半分を渡した。当局としては刑余者が発表することを好まぬようで、秋田の教誨師から文句を言ってきた。君も注意しないと失敗するから、しばらく用心して見合わせるべきだ」とのことで、おとなしく農業に専従した。二十六年七月、娘に入り婿を迎えることができて、崎久保にとって穏やかな晩年だった。三十年十月三十日に死亡し、享年七十。

昭和四年四月二十九日、成石勘三郎、武田九平が、諫早の長崎監獄から仮出所した。

成石勘三郎は、明治十三年二月生まれで、二十歳のとき結婚して、一男一女をもうけた。服役中に長男が病死したので、長女が婿養子を迎えている。妻ヨシノと長女がいる和歌山県請川村へ帰り、仲のよい妹たちと、刑死した平四郎の墓を建てる話をしていたが、昭和六年一月三日に死亡した。享年五十。

武田九平は、三十五歳で入獄して、五十四歳になっている。七歳下の弟は、服役中に社会主義者になり、やがて南米へ渡った。大阪へ帰った武田は、妹夫婦の世話になり、元の金属彫刻業に戻ったが、つねに行動を監視されて、仕事が思うにまかせなかった。仮出所から三年半たった昭和七年十一月二十九日夜、大阪市東区北浜町三丁目の電車通りを自転車で走行中の武田は、自動車と衝突して即死した。享年五十七。

一九三一（昭和六）年四月二十九日、小松丑治と岡林寅松が、長崎監獄から仮出所した。

小松丑治は、三十四歳で入獄して、五十五歳になっている。事件当時に、一緒に養鶏業をしていた妻ハルは、神戸のキリスト教会に身を寄せて、小松の帰りを待ちながら、諫早で二回面会している。四十七歳のハルは、夫を励ましながら養鶏業を再開したが、さまざまな迫害を受けて閉鎖せざるをえず、生活苦にあえいだ。昭和二十年十月四日、京都市伏見区深草綿森町の親戚の家で、栄養失調で死亡した。享年六十九。

岡林寅松は、小松と小学校の同級生で、神戸で同時に逮捕され、同時に仮出所した。妻ヤイノとは、大正六年八月に離婚しており、高知県吾川郡請木村の妹夫婦の家に身を寄せた。しかし、医師志望だった岡林は、病院勤務を望んで、高知市内で用務員をつとめながら、ローマ字運動に参加した。昭和二十二年二月二十四日、高知出身の坂本清馬とともに、「刑の言い渡しの効力を失わせる特赦」で復権し、県立中央病院分院に勤務していたが、二十三年九月一日、急性腸炎で死亡した。享年七十二。

一九三四（昭和九）年十一月三日、**坂本清馬**は、高知刑務所から仮出所した。秋田監獄では看守に反抗をくりかえし、減食・図書閲読禁止・運動禁止・隔離所収容などの懲罰を百回以上も受け、昭和六年十月から高知へ移されていた。二十五歳で入獄して、四十九歳になっていた坂本は、大本教本部で「皇道大本教」の講習を受けて宗教活動をはじめるが、大本教が第二次不敬事件で結社禁止になり、太平洋戦争中は四国・中国地方で松脂を採取する仕事をした。昭和二十年八月、幸徳秋水の出身地の中村町で敗戦を迎え、二十二年二月に復権すると、三年後に町議会の補欠選挙に立候補して当選した。三十六年一月、森近運平の妹と連名で、「大逆事件死刑判決五十周年目」を期して、再審請求の訴訟をおこしたが、東京高裁と最高裁で棄却され、五十年一月十五日、中村町で死亡した。享年八十九。

あとがき

明治天皇の暗殺をくわだてたとされる、無政府主義者による「大逆事件」には、かねてより関心をいだいており、少しずつ資料をあつめていた。それでも作品化するのは、だいぶ先だろうと思っていたが、前倒しするかたちで、「別冊文藝春秋」二〇〇〇年四月発行の第二三一号と七月発行の第二三二号に三百枚ずつ、「大逆事件・夢とまぼろし」と題して、ノンフィクション・ノベルを発表した。これに二百枚ほど加筆して、『小説 大逆事件』と改題したのが、この単行本である。二〇〇一（平成十三）年一月の刊行だから、一九一一（明治四十四）年一月の大審院判決と死刑執行から九十周年にあたる。

わたしの「前倒し」は、とくに九十周年に合わせたわけではない。一九九五年三月二十日に発生した「地下鉄サリン事件」で、オウム真理教による組織犯罪が発覚した。九五年九月から東京地方裁判所で、オウム事件の公判が集中しておこなわれ、百人を超える被告人たちの裁判を傍聴取材しているうちに、どこか大逆事件に似ているところがあるような気がした。

九三年九月、オウム真理教は山梨県上九一色村に鉄骨建物を完成させ、第七サティアンと名づけた。この建物は、サリン（有機リン系化学物質）を生成するプラントで、最終的には七十トンを生産する目的だった。九四年六月二十七日の「松本サリン事件」で使用したのが十二キロ、地下鉄サリン事件では六キロだから、途方もない計画である。しかし、九五年三月二十二日に上九一色村の教団施設に強制捜査が入ったとき、押収された大量の三塩化リン、イソプロピルアルコール、フッ化ナトリウムなどは、七十トンのサリン生産に見合うものだった。

オウム真理教は、国家機関に擬して省庁制を採用し、教祖の麻原彰晃は「神聖法皇」で、「法皇官房」「法皇内庁」「防衛庁」「諜報省」「法務省」「大蔵省」などをもうけていた。麻原の意をうけた幹部らは、祭政一致の専制国家「真理国」を樹立したときの憲法にあたる「基本律」をつくり、初代の主権者は神聖法皇であり、富士山麓に新しい都を建設して、法皇居をかまえるとした。その真理国の樹立と法皇の即位により、日本国の天皇は廃位するというものだった。

荒唐無稽というほかないが、アメリカとロシアでヘリコプターの操縦免許を取得した古参幹部（自衛隊出身）の法廷証言によれば、大型ヘリコプターに大量のサリンを積み、空中から散布する計画があった。べつな幹部は、皇居に面した高層ビルからサリンを噴霧するため部屋を物色していたと証言している。実際にオウム真理教は、旧ソ連製ヘリコプター（積載量四トンのミル一七機）の中古を、オーストリアで五千万円で購入し、九四年六月に横浜港に陸揚げされた。また、旧ソ連製の自動小銃をモデルに一千丁を製造する計画を立て、九五年元旦には発射機能をもつ完成品一丁が、「科学技術省」から麻原に献上されている。いかに妄想とはいえ、大日本帝国憲法下における刑法なら、まさに大逆罪である。

宮下太吉がつくった爆裂弾は、明治四十二年十一月三日、長野県中川手村明科の裏山で試発したとき、「自分の体が吹き飛びそうな爆風と、耳を聾するほどの爆音がおきた」という。しかし、現場検証はおこなわれておらず、宮下が取調室でスケッチした見取り図を持参した警察官が実況見分したとき、場所は特定されていない。それでも大審院が陸軍の火薬製造所に鑑定命令を出して、宮下の供述にもとづいた薬品の調合で破壊実験をさせたところ、大音響とともに馬車が大破したから、「危害ヲ加ヘントシタル者」と認定した二十四人に死刑を宣告したのである。

法廷で宮下は、「今回のくわだては、あくまでも自分が首謀者で、独断専行したのであり、すべてが間違っていた」と述べたが、大審院は幸徳秋水を首謀者とみなし、大石誠之助、森近運平、松尾卯一太らと順次共謀があったとした。このフレームアップは、日露戦争のあとに高まった藩・軍閥批判で窮地に立たされた桂太郎内閣が、元老の山県有朋の指示にしたがい、爆裂弾製造の「明科事件」を利用して、反政府勢力を弾圧したといえる。和歌山、大阪、兵庫、岡山、熊本などで検挙された冤罪者たちは、人間の自由を求めて戦っていた。

石川啄木のいう「時代閉塞の現状」のなかで、ことごとく言論を封じられた者たちが、仲間内の放談で憂さ晴らしをして、空想的なテロ計画を口にしたことが、「皇室ニ対スル罪」に擬せられてしまった。わたしは先に、オウム事件と大逆事件はどこか似ているような気がしたと書いたが、教祖の妄想が肥大化した無差別テロになったオウムの犯罪は、破廉恥罪でしかない。それに比べて大逆事件の冤罪者たちは、人間の自由を求めて戦っていたのであり、オウム事件とは似て非なるものだ。そのことに気づいて「早く書かなければならない」と、執筆にとりかかったのである。

一九九九年四月から、わたしは北九州市門司区に仕事場をつくり、関門海峡に面したマンションにいることが多くなった。六七年秋に北九州から東京へ行き、ひたすら出稼人のように働いてきたが、還暦を迎えるころから帰郷したいと思うようになった。帰心矢のごとしで実行に移し、ワープロからパソコンに切り換えて、大逆事件の資料を打ち込んだ。その仕事場における最初の長編が、『小説 大逆事件』にほかならない。

わたしの最初の単行本は、一九六五年五月に晶文社から出た短篇小説集『ジャンケンポン協定』だった。それから数えて百冊目が、この『小説 大逆事件』である。いかなる巡り合わせか、いささか面映いけれども、一つの節目には違いないから、素直に喜んでいる。これからどれだけの仕事ができるか、むろんわからない。しかし、ライフワークといえるような仕事をしたいと、欲深なことを考えている。すでに六十三歳だから、あまり残された時間はないが、これからは牛歩のようでありたい。

今回の仕事のきっかけは、「別冊文藝春秋」の編集長だった明円一郎さんの勧めによる。後任編集長の津谷洋さんが引き継いでくださり、単行本は西山嘉樹さんに担当していただいた。これまで文藝春秋から出た十数冊の単行本は、すべて岡崎正隆さんの担当だったが、人事異動後もなにかとお世話になった。出版部の和賀正樹さんからは、貴重な資料を提供していただいた。また、北九州教育委員会の竹田徹さんには、パソコンのコーチとして最後までお世話になった。取材先で協力してくださった方々をふくめて、心から感謝する次第です。

佐木　隆三

二〇〇〇年十一月二十四日

文庫版のためのあとがき

わたしは三年前に単行本の「あとがき」で、大逆事件とオウム真理教事件は似て非なるものであり、人間の自由を求めて戦っていた大逆事件の冤罪者たちに比べると、教祖の妄想が肥大化したオウムの犯罪は破廉恥罪でしかないと書いた。その気持ちは、むろん現在も変わらない。

たとえば地下鉄サリン事件の裁判で、「内乱罪を適用すべきである」との弁護活動がなされた。刑法第七十七条〔内乱〕は、「国の統治機構を破壊し、又はその領土において国権を排除して権力を行使し、その他憲法の定める統治の基本秩序を壊乱することを目的として暴動した者は、内乱の罪とし、次の区別に従って処断する」と定めている。

①首謀者は死刑又は無期禁錮。

②謀議に参与し、又は群衆を指揮した者は無期又は三年以上の禁錮に処し、その他諸般の職務に従事した者は一年以上十年以下の禁錮。

③付和随行し、その他単に暴動に参加した者は三年以下の禁錮。

内乱罪は国事犯だから、被告人は政治犯として扱われる。この条文を適用すべきと主張するのは、内乱罪の首謀者は死刑又は無期禁錮を免れないけれども、その指示・命令にしたがった者は、刑罰が軽いからである。オウム裁判について、「麻原彰晃こと松本智津夫に死刑を適用すれば十分だ」と、考える人は少なくない。わたしなども共感するが、地下鉄でサリンをまいたのは、強盗殺人に等しい公証役場事務長の逮捕監禁致死により、教団施設に強制捜査が入るのを阻止するため、首都を混乱させる目的でしかなかった。国事犯であろうはずはなく、実行犯たちは殺人・同未遂罪の共同正犯で起訴され、五人のうち四人に死刑が宣告された。

オウム真理教事件では百八十九人が起訴され、二〇〇三年十一月現在、一審の東京地裁で十人に死刑、六人に無期懲役が宣告されている。残された被告人は、「神聖法皇」を称した麻原彰晃と、「第二厚生省大臣」だった土谷正実の二人で、いずれも死刑を求刑されており、「量刑の均衡の見地」から極刑になると思われる。そうすると、一九一一年一月、始審にして終審の大審院で、十二人が死刑に処せられた大逆事件と、まったく同数になる。もとよりオウム裁判において、一審で死刑判決を受けた被告人たちは、控訴・上告しているので、これからどうなるかはわからないけれども、いかなる偶然というべきか、気になることではある。

しかし、「文庫版のためのあとがき」では、別のことを書かずにはいられない。わたしは自称「裁判傍聴業」で、全国各地でいろんな裁判を取材しており、厳しい判決も聞かなければならない。この一年ほどで、次の判決公判に立ち会った。

二〇〇二年九月二十日、山口地裁下関支部における「下関駅通り魔大量殺傷事件」で、上部康明(三十八歳)に死刑判決。

同年十二月十一日、和歌山地裁における「和歌山毒カレー事件」で、林真須美(四十一歳)に死刑判決。

二〇〇三年一月三十一日、長崎地裁における「父子連続保険金殺人事件」で、山口礼子(四十四歳)と外尾計夫(五十五歳)に死刑判決。

同年八月二十八日、大阪地裁における「大阪教育大附属池田小学校大量殺傷事件」で、宅間守(三十九歳)に死刑判決。

一九七五年に刊行した『復讐するは我にあり』(講談社文庫所収)は、一九六三年に発生した「西口彰連続殺人事件」がモデルで、この作品を書いたころから凶悪事件の裁判を傍聴取材するようになった。したがって法廷で、どれくらい死刑判決に立ち会ったかわからないが、その回数は思い出したくない。

わたし自身は、死刑廃止を願っているけれども、遺族らの被害感情を法廷で知ると、沈黙せざるを得ない。それでも心のなかで、「この被告人の命を差し出しても、あなたの愛する人は帰ってこない」とつぶやく。わが国では死刑と無期懲役の落差があまりにも大きく、「無期ならいつか出所する」という声が、死刑廃止論者をたじろがせる。やはり絶対に仮釈放のない、文字どおりの終身刑が導入されなければ、死刑廃止について国民的合意は得られないのではないか。

右の事件で、大量殺傷犯の上部康明と宅間守は、いずれも自殺願望をもっていながら、自分で死ぬことができなかった。そうであるからこそ、無差別な大量殺傷を起こして社会の憎悪を一身に浴び、死刑に処せられたいというのが、二人に共通する犯行動機である。こういう身勝手な中年男に、望みどおりに死を与えるのが、厳粛な国家行為としての裁判の現実なのだ。

山口礼子は、外尾計夫と組んで夫を殺害し、一億円もの保険金を入手したが、外尾がギャンブルで湯水のごとく浪費して、六年後に山口の高校生の次男の保険金を目的に、同じような手口で殺害したことにより疑いをもたれ、保険金を入手できずに逮捕された。林真須美の「毒カレー事件」は、保険金目的かどうかは特定できなかったが、それまでの保険金詐取の殺人未遂事件などの延長線上にあるとして、死刑を宣告された。殺人未遂は夫が被害者であり、山口礼子の犯罪と共通する。「夫殺しなど珍しくない」といえば、それまでの話かもしれないが、巨額の保険金に目が眩んだ浅ましい犯行にほかならない。

いずれにしても、わたしが傍聴取材する刑事裁判は、このような事件ばかりである。おぞましい限りだが、「人間という不可思議な生き物の正体にどこまで迫れるか」と、自分を挑発し続けるしかない。正直なところ、他のことにあまり関心が向かないから、死ぬまでこうするしかなさそうだ。

こんな小説家にとって、大逆事件に取り組むことができたのは、幸運だったような気がする。

明治末期の暗黒裁判で、恐るべき冤罪事件をテーマにしながら、不遜な物言いかもしれないが、そのように思えてならないのである。

石川啄木は、本文中で書いたように、弁護人の平出修から、「もし自分が裁判長だったら、管野スガ、宮下太吉、新村忠雄、古河力作の四人を死刑に、幸徳秋水、大石誠之助を無期懲役に、内山愚童を不敬罪で懲役五年くらいにして、あとは無罪にする」と聞かされて、自分もそう思っていた。しかし、二十四人に死刑を宣告して、天皇の特赦で十二人を無期懲役に減刑したあと、電光石火の死刑執行にショックを受けたのだ。

石川啄木は、「幸徳秋水の陳弁書」を写し取った黒表紙の小型ノートに、右のような感想を書き残している。わたしは啄木が、このようなかたちで大逆事件にかかわっていたことを、長いあいだ知らなかった。

与謝野寛は、大石誠之助が死刑に処せられたあと、本文中に引用したように、「誠之助の死」という詩を書いているが、このことも『小説 大逆事件』のための取材で、初めて知ったのである。わたしたちの先達は、言論封殺の時代閉塞のなかで、書くべきことをきちんと書いていた。その発見をふくめて、この事件に取り組んだことが、幸運に思えてならない。

二〇〇三年十一月二十五日

佐木隆三

参考文献

大河内一男他編『幸徳秋水全集　全九巻・別巻二・補巻』（明治文献）／我妻栄他編『日本政治裁判史録　明治・後』（第一法規出版）／川口武彦編『堺利彦全集　全六巻』（法律文化社）／荒畑寒村著『荒畑寒村著作集　全十巻』（平凡社）／木村壽他編『森近運平研究基本文献上・下』（同朋舎）／吉岡金市著『森近運平』（日本文教出版）／水上勉著『古河力作の生涯』（平凡社）／神崎清著『革命伝説　全四巻』（芳賀書店）／神崎清編『大逆事件記録　全三巻』（世界文庫）／神崎清著『実録幸徳秋水』（読売新聞社）／塩田庄兵衛、渡辺順三編『秘録大逆事件　上・下』（春秋社）／平出修著『定本平出修集　一〜三巻』（春秋社）／専修大学今村法律研究室編『今村力三郎「法廷五十年」』（専修大学出版局）／糸屋寿雄著『管野すが』（岩波書店）／糸屋寿雄著『大石誠之助』（濤書房）／糸屋寿雄著『自由民権の先駆者　奥宮健之の数奇な生涯』（大月書店）／糸屋寿雄著『幸徳秋水研究』（青木書店）／森長英三郎著『風霜五十余年　大逆事件』（私家版）／森長英三郎著『禄亭大石誠之助』（岩波書店）／森長英三郎編

『荒畑寒村　大逆事件への証言』（新泉社）／和貝彦太郎著『大逆事件裏面史』（私家版）／岩城之徳著、近藤典彦編『石川琢木と幸徳秋水事件』（吉川弘文館）／中村文雄著『大逆事件の全体像』（三一書房）／柏木隆法著『大逆事件と内山愚童』（JCA出版）／上田穣一、岡本宏編著『大逆事件と「熊本評論」』（三一書房）／林茂、西田長寿編『平民新聞論説集』（岩波書店）／宮武外骨編『幸徳一派大逆事件顛末』（龍吟社）／濱畑栄造著『大石誠之助小伝』（荒尾成文堂）／真宗ブックレット『高木顕明』（真宗大谷派宗務所出版局）／田岡嶺雲著、熊谷元宏編『明治叛臣傳』（大勢新聞社）／花井文松著『篠ノ井線鉄道旅行案内』（高美書店）／長野県編『長野県史　軍事・警察・司法』（長野県史刊行会）／本宮町史編さん委員会編『本宮町史　近現代史料編』（本宮町）／大逆事件の真実をあきらかにする会編『大逆事件ニュース一～三九』／大逆事件の真実をあきらかにする会編『坂本清馬自伝』（新人物往来社）／伊藤整著『日本文壇史　一六～一八』（講談社）／色川大吉著『日本の歴史21　近代国家の出発』（中央公論社）／隅谷三喜男著『日本の歴史22　大日本帝国の試煉』（中央公論社）／松尾尊兊編『続・現代史資料(1)　社会主義沿革㈠』（みすず書房）／ふるさときゃらばん編『信州の棚田ものがたり』（ふるきゃらネットワーク）

その他を参考にさせていただきました。（作者）

P+D BOOKS ラインアップ

大陸の細道	木山捷平	世渡り下手な中年作家の満州での苦闘を描く
若い詩人の肖像	伊藤　整	詩人の青春期の成長と彷徨記す自伝的小説
小説　大逆事件（上）	佐木隆三	近代日本の暗部を象徴した事件に迫る
小説　大逆事件（下）	佐木隆三	明治44年1月「大逆罪」の大審院判決が下る
女のいる自画像	川崎長太郎	私小説作家が語る様々な女たちとの交情
暗い流れ	和田芳恵	性の欲望に衝き動かされた青春の日々を綴る

P+D BOOKS ラインアップ

小説 みだれ髪	和田芳恵	著者の創意によって生まれた歌人の生涯
なぎの葉考・しあわせ	野口冨士男	一会の女性たちとの再訪の旅に出かけた筆者
暗い夜の私	野口冨士男	大戦を挟み時代に翻弄された文人たちを描く
故旧忘れ得べき	高見 順	作者の体験に基く〝転向文学〟の傑作
貝がらと海の音	庄野潤三	金婚式間近の老夫婦の穏やかな日々を描く
せきれい	庄野潤三	〝夫婦の晩年シリーズ〟第三弾作品

P+D BOOKS ラインアップ

幼年時代・性に眼覚める頃	室生犀星	●犀星初期の〝三部作〟を中心に構成された一巻
冬の宿	阿部知二	●映画化もされた戦前のベストセラー作品
天上の花・蕁麻の家	萩原葉子	●萩原朔太郎の娘が描く鮮烈なる代表作2篇
閉ざされた庭	萩原葉子	●自伝的長編で描かれる破局へ向かう結婚生活
輪廻の暦	萩原葉子	●作家への道を歩み出す嫩。自伝小説の完結編
海軍	獅子文六	●「軍神」をモデルに描いた海軍青春群像劇

P+D BOOKS ラインアップ

達磨町七番地	獅子文六	●軽妙洒脱でユーモア溢れる初期5短編収録
がらくた博物館	大庭みな子	●辺境の町に流れ着いた人々の悲哀を描く
暗夜遍歴	辻井 喬	●母への痛切なる鎮魂歌としての自伝的作品
オールドボーイ	色川武大	●〝最後の小説〟「オールドボーイ」含む短編集
夜風の縺れ	色川武大	●単行本未収録の39編と未発表の「日記」収録
曲り角	神吉拓郎	●人生の曲り角にさしかかった中高年達を描く

（お断り）

本書は2004年に文藝春秋より発刊された文庫を底本としております。あきらかに間違いと思われるものについては訂正いたしましたが、基本的には底本にしたがっております。また、一部の固有名詞や難読漢字には編集部で振り仮名を振っています。

本文中には下男、小使、貧民、私生児、愚民、小作農、小作人、人夫、小農、体軀矮小、書生、脳病、車夫、坑夫、被差別部落の貧民、妾の子、警夫、女中、馬丁、継母、床屋、幇間、一寸法師、チョビ助、気ちがひなどの言葉や人種・身分・職業・身体等に関する表現で、現在からみれば、不当、不適切と思われる箇所がありますが、著者に差別的意図のないこと、時代背景と作品価値とを鑑み、著者が故人でもあるため、原文のままにしております。差別や侮蔑の助長、温存を意図するものでないことをご理解ください。

佐木 隆三（さき りゅうぞう）

1937年（昭和12年）4月15日―2015年（平成27年）10月31日、享年78。朝鮮・咸鏡北道（現在は朝鮮民主主義人民共和国）生まれ。本名・小先良三（こさき りょうぞう）。1975年『復讐するは我にあり』で第74回直木賞を受賞。代表作に『身分帳』『死刑囚永山則夫』など。

P+D BOOKS とは

P+D BOOKS（ピー プラス ディー ブックス）とは
P+Dとはペーパーバックとデジタルの略称です。
後世に受け継がれるべき名作でありながら、現在入手困難となっている作品を、
B6判ペーパーバック書籍と電子書籍を、同時かつ同価格で発売・発信する、
小学館のまったく新しいスタイルのブックレーベルです。

小説 大逆事件（下）

2022年6月14日　初版第1刷発行

著者　佐木隆三
発行人　飯田昌宏
発行所　株式会社　小学館
〒101-8001
東京都千代田区一ツ橋2-3-1
電話　編集　03-3230-9355
販売　03-5281-3555
印刷所　大日本印刷株式会社
製本所　大日本印刷株式会社
装丁　おおうちおさむ（ナノナノグラフィックス）

ISBN978-4-09-352441-4

P+D BOOKS